GOBOOKS
& SITAK
GROUP©

GOBOOKS
& SITAK
GROUP©

朧月書版

朧月書版

Self-destructive love 2

自我毀滅的愛

Nichtigall夜鶯

Illust. —— Junseo峻曙
Translator —— 翟云禾

Presented by Nichtigall with Junseo

Self-destructive love

CONTENTS

06 Chapter six

貴客

Self-Destructive love

一大早，陽光一灑在克里斯臉上，他就立刻醒來了，但克里斯卻發現自己是赤裸著身體。

克里斯不記得昨天半夜發生了什麼事，他只記得自己化身為野狼，在深山處蜷曲著身子睡著了。

他有點搞不清楚現在的狀況，記憶好像缺失了一角，留下了一段空白。

克里斯明明連大門的鑰匙都沒有，是怎麼進來的呢？

但是克里斯覺得自己的身體非常輕盈，就好像一個經常拖著幾百公斤行李的人突然卸下行李一樣；也有點像是一直在水中走路的人終於走上陸地的感覺。這種被解放和安穩的感覺難以用言語形容。

『這就是傳說中得到完全舒緩的感覺嗎？』

因為克里斯從來沒有經歷這種感覺，所以他也不是很確定自己現在的身體狀況。只是他聽說過異能者的感官如此平靜，就表示他們遇到了非常契合的舒緩者，所以才這樣猜想的。

克里斯不知道昨天晚上他在深山中為什麼會遇見舒緩者，他明明記得自己的超能力已經完全耗盡。

沒有失控已經是萬幸了，克里斯實在不敢相信自己現在的身體怎麼會感到如此輕盈安穩。

克里斯用床單包著身體起身並穿上衣服，他現在沒有手機，所以也沒辦法回報自己已經安全回家。

這時候克里斯聽見門外傳來碰碰碰的敲門聲，當他快走到門口的時候，覺得自己好像踢到了什麼東西，所以低頭看了一下地板。

雖然那個東西的形狀有點陌生，但是顏色卻很熟悉。

『門把……？』

門把為什麼會掉在地上？

碰碰碰！

急促的敲門聲讓克里斯來不及鬆開鎖鏈就開門了，門口站的是住在隔壁的男子。

「有什麼事情嗎？」

「你昨天晚上吵成那樣，還敢問我有什麼事情？」

鄰居男子沒好氣地說道。

「喝了酒就乖乖回家睡覺，為什麼要發出這麼大的聲音？大半夜的我也不敢開門查看，現在才看到你家連門把都不見了，整座公寓都快被你拆了。」

聽到鄰居男子碎碎念的聲音，克里斯忍不住皺起眉頭。鄰居男子好像一直把重點放在被拆掉的門把，讓克里斯忍不住看向掉在地上的把手。

那個把手看起來就像是小孩子玩到一半的黏土，克里斯無法想像要用多大的力氣才能夠把黃銅做的門把捏成那個樣子。

「對不起，我不小心喝太多了。」

克里斯低下頭，沒有表現出自己的情緒波動。

「你下次注意一點。」

看到平常讓自己心生畏懼的對象順從地對自己低下頭，鄰居男子似乎感到非常滿意，而後便氣呼呼地走下樓梯。他應該是認為喝得酩酊大醉的克里斯不可能太早起床，所以等到要出門上班時才順便來警告克里斯。

克里斯不覺得自己失去一小段記憶有什麼奇怪，因為他甦醒的時候就是一個完全沒有記憶的人，他也曾經想過自己會不會有一天又突然失去記憶。

但是克里斯在長期任務中突然失去部分記憶，讓他覺得有點困擾。目前情況看來是他自己把門把捏壞後，才進來家裡睡覺的……

不管他是以野狼的型態穿過民宅，還是全身赤裸地走進公寓，都是一件讓人不敢想像的事情。

以鄰居男子所說的話來推斷，克里斯很慶幸自己是半夜才做出那些行為。

『是因為過度使用超能力，所以腦筋有點不太清楚了嗎？』

就連精神系的異能者也沒辦法完美地處理自己的大腦，因為大腦實在是一個非常精密及複雜的系統。所以克里斯也不知道自己的身體是在什麼情況下才會做出昨天半夜那種事情。

克里斯只知道自己這種狀態可能會變成影響任務的不安定要素。

『等到有人發現我的手機來找我後，我可能要讓他們先送我回總部。』

克里斯覺得自己要先回到六月大洲讓精神系異能者看一下自己的身體狀況。

一想到自己要離開十一月大洲，又突然覺得心裡空空的，理性告訴克里斯他應該要先回到六月大洲，但是感性卻一直想讓他留在這裡。

克里斯環顧了四周，把散落在地上的書本撿了起來，雖然這些書又多又重，但是克里斯還是一隻手就輕鬆地拿起來了。

克里斯把書擺整齊後想到了游離，他想要盡快回到六月大洲，所以等他見到其他隊員後，應該就沒有時間再去木蓮書店了。

克里斯不打算跟游離道別，就像他是偷偷來金城執行任務一樣，他也會悄悄地離開。不管是游離還是在就業中心遇到的娜絲琴卡等人，他都無法跟他們道別。

他只是想要再去看游離一眼。

時間。

克里斯算了一下，現在剛到上班時間，距離十一月大洲的郵差發現手機應該還要一段時間。

等到郵差把東西轉交到極光分部，然後他們再連絡其他隊員，接著派出安德蕾雅或是杰伊出來找到自己，大概還需要幾個小時。

克里斯覺得自己應該可以趁這段時間去偷看一下游離。

下定決心的克里斯走出家門，他的心情就像一個隔天要跟爸爸媽媽去郊遊的小孩子一樣有點躁動。

也有點像一個染上毒癮的吸毒犯。

如果要說克里斯現在和第一次聞到紳士之毒時有什麼不一樣的話，那就是克里斯沒有發現自己現在的感官非常浮動，他覺得自己只是非常雀躍地走路。

克里斯看到巷子盡頭的木蓮書店，那間看起來褪色又黑暗的店面有時會給人一種陰鬱的感覺，但是克里斯現在卻覺得木蓮書店散發出一道只有自己看得見的亮光。

時間還很早，克里斯一度覺得游離可能還沒有來上班。

但是游離卻一如往常地站在那個不曾改變的場景之中。

充滿著古色古香的木製地板和排列整齊的深褐色書架，還有聲色優美的黑膠唱片機以及游離所抽的雪茄留下的香氣，總是非常幽靜的木蓮書店。

戴著白色手套的游離和平常一樣在翻閱書籍，克里斯看著游離被眼鏡遮住的臉孔，忍不住眨了眨眼睛。

『……眼鏡？』

克里斯突然覺得那副眼鏡有一種違和感，克里斯認為自己好像看過游離沒戴眼鏡的樣子。

克里斯忽視自己恍惚的神智和生殖器的腫脹感，打開門走進了書店。

克里斯深吸了一口氣，感受到老舊紙張和灰塵味道，還有一股像是剛打開瓶蓋的墨水味。這些深入克里斯胸腔的味道讓他感到些許飢渴難耐。

在黑膠唱片機中傳來的悠揚旋律下，克里斯聽到了游離的聲音。

「完全沒有痕跡嗎？」

「…………」

「好，我知道了，我有客人，等一下再——」

正在和別人講電話的游離聽到鈴鐺聲抬起頭，游離看到克里斯的瞬間突然定格了。

游離一直看著克里斯，導致克里斯忘記要跟游離打招呼，只能呆呆站著。游離的紫羅蘭色眼睛盯著克里斯，連眨都沒有眨一下。

過了很久游離才開口。

「……沒事，我先掛了。」

游離掛斷了電話。

一直盯著克里斯看的游離這才眨了幾下眼睛，今天游離的長睫毛似乎有點干擾到他的視線。

「早安。」

勉強擠出這句話的游離一直盯著克里斯看。

一向冷淡的書店主人嘴角突然浮現一股深邃的笑意，雖然他的外表能迷倒所有人，但是這個表情卻非常不像平常面無表情的游離。

克里斯也不自覺的一直盯著游離看。

「貴客來了。」

游離是真心的。

從克里斯出現在木蓮書店那天，克里斯就一直是貴客。

☆☆☆

四〇四號的大門前，游離很自然地拿起鑰匙插進門鎖裡，老舊斑駁的鑰匙和游離的黑色皮手套顯得格格不入。

喀啦一聲門被打開後，門縫飄下了一張小紙條。紙條非常小張，一般人可能會沒有注意到，但是游離卻注意到了。

應該是因為裝防盜器比較容易引起別人注意，所以房屋的主人動用了一點小聰明。

游離用手機向手下的人交代一些事情後就走了進去。

裡面幾乎沒有什麼家具，只有一張餐桌、還有一張椅子，看起來非常空曠。雖然有一間房間，但是房間裡也只有一張床鋪而已。

游離在進來這間屋子前已經看過這裡的平面圖，他現在開始觀察這裡。這裡看起來沒有重新裝潢的痕跡，但是還是不能排除有秘密空間的可能性。

游離已經讓自己手下的異能者暫時切斷這個空間的電波，所以他非常自在地穿梭在這間屋子裡。即使克里斯為了以防萬一在這段時間裝了竊聽器或監視器，也無法發揮任何用處。

進入臥室的游離看向了床尾，克里斯第一次去木蓮書店那天，自己推薦給他的書整齊地堆在床邊。

游離的視線隨著書名的第一個字母移動。

「I—D—I—O—T」。

『真無言。』

游離冷笑一聲，自己都這麼明白地說克里斯是笨蛋了，他竟然還沒有發現還把那些書拿來墊腳，真是讓人感到非常無言。

這裡沒有任何祕密文件，也沒有游離要找的東西，他甚至不確定自己認識的那個人是不是真的住在這裡。

質感非常粗糙的床單、一張對於身材高大的克里斯來說有點短的床鋪、一個很薄的床墊再加上一個輕輕壓一下就會發出嘎吱聲響的床架……

這個太久沒人居住而變得毫無生氣的空間令游離感到厭煩。

一想到克里斯在這個破舊的房間裡縮在一張大小不合的床鋪上睡覺，游離就覺得心裡很不舒服。

難道克里斯拋下所有的一切，就是為了過這種生活嗎？

在游離命令克里斯處理掉阿納斯塔西亞那天之後，他就沒有再見過克里斯了。

游離回想起自己獵犬消失的那天。

游離經過幾個月的努力終於找到那名毒販的住處，卻發現那個老人已經死了，她倒臥在大量鮮血中，讓人一看就知道她的死因是失血過多致死。

鄰居是聽到槍聲所以報警的，攔截到電話的游離親自去了一趟案發現場。

因為完成任務的克里斯一直沒有回來。

游離在親眼看過案發現場以後突然感到疑惑，克里斯・丹尼爾是使用念力的異能者，雖然他也可以讓一個人失血過多而死亡，但是平常的他應該會選擇比較乾淨俐落的作法。

游離必須確認那些血到底是誰的。雖然阿納斯塔西亞的頭上有彈孔，但是這些血的主人不是別人，正是游離最忠誠的獵犬克里斯・丹尼爾。

如果一個人的身上流了這麼多血，那他一定會失血而死。

『這些真的都是你身上流出來的血嗎？』

游離這才相信自己的獵犬真的死了，游離認為他是不想讓人看到自己死亡的樣子，所以才想要找一個沒有人的地方孤獨地死去。

克里斯知道自己對游離來說是非常重要的存在，被找到屍體和失蹤的意義完全不一樣。

游離的敵人非常多，如果被別人知道冬季大洲的守護者死亡的話，那所有人都會把矛頭指向游離。

游離利用克里斯消失所爭取到的時間，快速地展開行動。

但游離有時候也會突然想起獨自在冰冷的某處死去的克里斯。

雖然游離也知道設想這些未經過證實又沒有幫助的假設是很浪費時間的事情，但這種想法還是偶爾會出現在游離的腦中。

那個感覺讓人非常煩躁。

游離和克里斯之間並沒有什麼感情，他們只是非常普通的主僕關係而已。

所以他們之間只可能會發生背叛事件，不可能有什麼美好的情感，但游離開始漸漸感受到克里斯的空缺。

因為游離．索伯烈夫的生活和克里斯．丹尼爾可以說是密不可分。

克里斯在游離的生活中留下了不可抹滅的足跡，這是克里斯來到冬季大洲之後第一次離開游離的身邊。

游離低頭看著自己手掌時，似乎還可以看到上面有牽著克里斯狗鍊的痕斯，雖然那個痕跡從未真實存在過。

最終游離不得不承認自己失去了克里斯。

當狗習慣狗鍊時，主人也會習慣牽著狗鍊的自己。

雖然游離不曾珍惜過那個東西，但是當他知道那個東西再也回不來的時候，那種煩躁的感覺就像是指甲旁邊長了一個小刺，扎得自己很不舒服。

游離一直以來都是一個人生活，以後也會是一個人，對游離來說其實沒有什麼改變，但游離不懂自己為什麼會無法忘卻克里斯。

這就是為什麼當游離看到一個金髮藍眼的男子走進木蓮書店時，他會覺得這根本是整人的惡作劇。

游離所認識的克里斯・丹尼爾是一個不苟言笑的男子。克里斯非常呆板，並且把自己和游離之間的約定看得比性命還要重要。

因此游離認為那個厚顏無恥地站在自己面前的男人絕不是「克里斯・丹尼爾」，至少克里斯是不可能自願演出這種無聊的鬧劇。

游離露出優雅的微笑向那個男子打招呼。

「歡迎光臨。」

游離假裝不經意地提起游離・索伯烈夫的名字，但是克里斯卻沒有認出他來。

但是那雙緊盯著自己的視線卻沒有改變，這讓游離想起了第一次見到克里斯的那天。那天也像今天一樣，被逼到死角的游離盯著化身為死神即將殺死自己的金髮少年。當樹根往天上長、雪朝著天空飛去、泥土中露出鮮紅肌膚並不斷發出慘叫聲的地獄中，克里斯是唯一一個毫髮無缺的生命體。

那雙一如往常盲目地追隨自己的蔚藍色目光中，到底有什麼含義呢？

但游離可以確定就是因為當初那些感受，游離現在才會親自來到克里斯的住處。

游離停止回憶，慢慢地用手指滑過牆壁，他在尋找適合安裝竊聽器的地方。雖然竊聽器體積很小，但是萬一被異能者發現還是會引起不必要的麻煩。

游離先在床鋪下裝了一個竊聽器，然後走出臥房在椅子底下安裝了另一個竊聽器，桌子底下可能比較容易被發現，但是一般人的手通常不會去摸到椅子下面。

進入浴室的游離摸到馬桶後面的磁磚有個裂縫，他在那裡也裝了一個竊聽器。然後轉向了洗手台，洗手台是圓弧狀的，所以後方也有適合安裝竊聽器的地方。

浴室的管線配置有點雜亂，在那之中安裝一個竊聽器應該也不會被發現，但是排水管的水聲卻會蓋過周邊的聲音。

游離拍掉手套上的石膏粉，再次巡視了房屋內部。游離送給克里斯的《Dracula 德古拉》放在床頭櫃，書角有摺過的痕跡，可能是看到一半就睡覺了。

克里斯還是一樣老實。

克里斯是因為極光的任務才來到這裡，但游離只是問了克里斯有沒有在看書，克里斯就用一本六、七百克萊蒂幣的價錢買了古老的二手書，並試著閱讀那些書。

但是游離還是很疑惑。

游離調查克里斯之後發現「克里斯・極光」的超能力不是念力，他被歸類於強化系異能者。

異能者的超能力是不能改變的，也沒有異能者可以同時使用兩種超能力。所以他認為強化系異能者克里斯．極光和使用念力的克里斯．丹尼爾應該是兩個不同的人。

克里斯生來就不是一名普通人。

游離第一次看到克里斯是在極光的基層，他當時看到的「克里斯」不只有一個人。

所以當游離看到長得和克里斯一模一樣的人進來書店的時候，游離直覺地認為這是羅森豪爾的手段。游離知道羅森豪爾為了確認克里斯．丹尼爾是否真的死亡什麼事情都做得出來。

但是另一方面游離又一直覺得是克里斯．丹尼爾真的活著回來了。

即使克里斯被歸類為強化系的異能者，克里斯也有可能是運用念力暫時提高自己的能力。克里斯之前在面對游離的敵人時，就有用過這種方式。

雖然游離也一直嘲笑自己這種可笑的想法，但游離依然沒有放棄些微的可能性。

游離所掌握的訊息還不足以讓他判斷真相，因為克里斯被發現的地方和發揮能力的地方都是在六月大洲。

但幸好克里斯自己來到了冬季大洲，如果他一直待在六月大洲的話，那在克里斯擁有一番成就之前游離是不會知道克里斯的存在的。

游離要做的事情非常簡單，就是讓手下的人去調查克里斯．極光，等到收集到所有線索後再下定論。游離知道自己不能一腳踩進混濁的水中，而是要等沉澱物慢慢地沉澱才是明智之舉。

但是游離會親自出面處理這件事情，多少也是因為他希望被認為已經孤獨地死在某處的忠犬還活著的關係。

游離在來到這裡之前一直在找理由，與其是要說服別人，不如說游離是想要說服自己。

克里斯終究鬥不過游離，即使克里斯失去記憶，還是對游離十分著迷。所以游離認為與其派手下過來，還是自己出面比較安全。如果自己辛辛苦苦培養出的手下死在克里斯手裡的話，那就太冤枉了。

游離近期開的書店就在克里斯的住處附近，就算他太晚撤離遇到克里斯，也有理由可以說自己是剛好路過。

最重要的是克里斯．丹尼爾可是單槍匹馬就把極光趕出冬季大洲的猛犬，游離可不能讓這麼危險的獵犬隨意在外遊蕩。

游離身為克里斯的主人感到自己責任非常重大。

游離的手機在震動，他收到了手下傳來的訊息，並簡短地回覆他們。

〈我們在電車發現目標，他現在正往八區移動。〉

「好。」

游離戴著黑色手套再次檢查竊聽器有沒有確實安裝在隱密之處。

「信號如何？」

雖然游離知道時間有點緊迫，但從游離慢條斯理的樣子似乎看不到任何焦急感。

〈我們抓到竊聽器的訊號了，但是看不到監視器的畫面。〉

「這裡沒有適合安裝監視器的地方。」

監視器的鏡頭必須對準房間，但是又需要有一個可以遮掩鏡頭反光的物品。這間屋子太過於空曠，如果安裝監視器很快就會被發現。

雖然沒辦法準確監視，硬是安裝監視器然後被發現的話，反而只會讓對方變得更加小心謹慎。游離希望克里斯誤以為這個地方非常安全。

這樣游離才能夠推測克里斯的腦袋到底在想什麼。

游離看著不知道自己真實身分的克里斯頻繁進出書店，心情也變得有點複雜。

游離的個性沒有溫和到一隻狗鍊斷掉而到處亂竄的猛犬要抓住自己，還可以大方地裝作不知道。

「東西呢？」

當游離詢問手下是否有把自己需要的東西拿來時，手下恭敬地回答道。

〈已經準備好了。〉

「拿上來吧！」

游離拿著克里斯夾在門縫的紙條等待手下，手下拿來的東西是一張寫著大大文字的傳單。游離指示手下把附近商店裡準備好的東西拿過來，這樣克里斯之後調查廣告傳單時也不會露出破綻。

游離關上門後把紙條重新夾回去，然後從門縫中塞進那張廣告傳單。

因為游離不知道克里斯原本放紙條的位置在哪裡，所以想出了這個方法。克里斯回來開門檢查紙條的時候，這張廣告傳單會蓋在紙條上面，就算紙條掉落的位置有些奇怪，克里斯可能也會以為是廣告傳單的關係。

游離將廣告傳單也塞進隔壁的門縫後，慢慢地走下樓梯，他剛好在克里斯走下電車的前五分鐘完成所有事情回到書店。

游離拉起書店的鐵門進到店裡，他將大衣脫下掛好，洗了手以後換上另一副手套。游離整理書籍時戴的白色手套質感比較柔軟。

游離打開一個剛收到的包裹拿出一本書，那不是真的古書，而是用廉價的紙張裝訂而成的物品。游離翻開這本偽裝成字典的書籍，中間的凹槽裡有一把泛著黯淡光澤的手槍，游離仔細檢查後把它放到倉庫，並打開另一個包裹。

包裹裡裝滿了很多狀態很好的書籍，每一本書上都印有作者、出版年度以及國際標準書籍編號。游離從國家代碼中挑出了編號三十五、四十五還有五十五的書籍。

這些書有一個共同點，就是它們的國家代碼是假的。游離一本一本翻閱著自己挑選的書，他從鼻尖聞到一些香氣，代表他挑的沒有錯。

『真是夠了。』

毒品走私集團為了將毒品引入冬季大洲，用盡了各種方法，他們最新的管道就是利用書籍來走私毒品。走私集團將製作毒品的植物曬乾，提取出其中的纖維製作成紙張，再偷偷運送到冬季大洲。

他們不會標註也不會一次全部運送過來，而是標上假的國別代碼再分批運送到冬季大洲。

游離費了很大的工夫才查到這件事情。

游離一查到這件事，就立刻開了一家書店，假裝自己是生意人和那些喜愛古書的人交易，並沒收那些毒品原料。如果游離以個人收藏家的名義出面可能會成為敵人的目標，所以他假裝自己是中盤書商來控制物品流向。

阿納斯塔西亞也是游離那時候找到的毒販之一，誰會想到喜愛編織的溫和老奶奶所烤的餅乾中竟然會含有大麻呢？

其實真正的問題不是出在大麻，而是游離發現有好幾名異能者頻繁進出阿納斯塔西亞的住處。異能者是不可能為了取得他們沒有聽過的藥物而頻繁進出特定地點，從這情況看來阿納斯塔西亞手中的藥物一定包含天堂之吻和享受安定這種舒緩藥物。

這對於沒有登錄於極光的異能者來說無疑是一個極大的誘惑，因為除了舒緩課程，舒緩藥物是他們唯一的選擇。

在冬季大洲出生的異能者們生活都非常困苦。

他們要遇到「真正的」舒緩者是不太可能的事情，在黑市交易舒緩者的人有一半都是騙子。

就算他們比極光早一步發現擁有舒緩者並販售舒緩課程的人，也必須要付出龐大的金錢。雖然那些異能者一開始可以勉強支付那些金額，但是之後費用卻會變得越來越昂貴，讓他們無法支付。

異能者只好成為那些組織的走狗，進而用來交換固定的舒緩課程。

游離剛到冬季大洲的時候，這裡充滿著這種組織，十一月大洲根本就是一團亂的灰色地帶。

然而搞定這些傢伙和清除殘黨人士最大的功臣就是克里斯，沒有人可以在一個把鋼筋折彎的S級異能者面前存活太久。

有一個拚搏到最後一刻的組織為了拉攏克里斯，開出提供三名專用舒緩者的條件。雖然游離的手下聽到這個提議都很擔心，但是游離對此只是嗤之以鼻。

克里斯根本不需要其他舒緩者。

因為克里斯已經有游離了。

『可怕的羅森豪爾。』

游離低頭看著偽裝成書本的毒品原料，眼神漸漸變得陰沉。十一月大洲現有的犯罪組織都已經被游離摧毀了，他們不可能用這麼縝密的方式來走私毒品。

這一定是極光幹的，極光無法直接打敗游離掌控冬季大洲，所以才用這種方式間接干擾他們的生活。

誰會知道自稱是正義守護者的極光才是犯罪的溫床。

外界普遍認為異能者聯盟是偏向民主決策的，但事實上極光卻是創立者之一羅森豪爾手中的玩物，極光就是他的私人組織。

游離·索伯烈夫之所以是黑手黨是因為羅森豪爾把游離·索伯烈夫歸類成壞人。羅森豪爾才正要在冬季大洲站穩腳跟，游離就成了冬季大洲私下的掌管者。

舒緩者連續綁架事件、非法製造及販賣毒品、洗腦異能者……

羅森豪爾把所有的罪行都算在游離頭上，很顯然地羅森豪爾希望游離就此沒落。

但是游離卻吞下所有罪行，並壯大自己的聲勢。

克里斯為了抵擋那些對游離窮追不捨的人，晚上常常沒辦法好好睡覺。他們曾經在廢棄的房子裡靠著對方的體溫過活，因為沒有錢買食物所以就喝窗戶邊融化的雪水來充飢。

儘管如此游離還是堅毅地熬過每一個昨天，並努力撐過每一個今天。

這一切都是為了未來的明天可以打敗羅森豪爾。

『他來了。』

從黑膠唱片機傳出來的音樂每隔一段時間就會停下，然後再重新播放。如果沒有發現這個停頓其實是某種信號的話，可能會以為是唱片有點故障，但是游離卻馬上發現這代表克里斯快要到書店了。

克里斯呆呆地站在書店前面，過了一下才進入書店。游離假裝自己專注在工作上，但他其實透過鏡子在觀察窗外的克里斯，游離抬起頭和克里斯打招呼。

距離克里斯上次來書店才過了一個星期，但游離卻覺得過了非常久。可能是因為克里斯之前突然殺死了阿納斯塔西亞然後就消失不見的關係。游離非常不喜歡克里斯消失在自己眼前的感覺。

克里斯的臉色非常蒼白，游離看著克里斯不知所措的眼神，他把自己的手放在裝有克洛克手槍的書本上面。

克里斯看起來像是知道了什麼祕密，但是卻因為無法開口而在掙扎。

克里斯似乎開始懷疑游離，克里斯注視游離一舉一動的態度讓游離起了警戒心。

這時游離發現克里斯離開鏡子反射可以看到的範圍內，游離正在考慮自己是否要抬頭查看。

「你可以再推薦我幾本書嗎？」

克里斯突然開口說話，游離打開抽屜拿出一本事先準備好的書籍。

《A Farewell to Arms 戰地春夢》。

游離一直不經意地提醒克里斯真實的身分，如果克里斯真的不記得的話，游離就只好繼續提醒了。

「這本書很有名，但不知道你喜不喜歡。」

訓練的成果取決於自己下過多少功夫。

從《Dracula 德古拉》的D到這次的A，雖然克里斯就連排得整整齊齊的「笨蛋」都不知道是什麼含意，但游離還是持續在傳達訊息。

游離希望克里斯能在被抓回來之前，就先自行回歸。

游離把《Northanger Abbey 諾桑覺寺》也拿給了克里斯，嘴裡說著一些書店主人的場面話並默默觀察克里斯。

曾經在冬季大洲上接觸過許多未登錄異能者的游離馬上就看出克里斯現在的狀態不好。

克里斯需要舒緩課程。

事實的確也是這樣。

羅森豪爾所創建的系統就像他本人一樣拙劣，羅森豪爾不願意把比黃金更珍貴的舒緩者帶到冬季大洲。只要是B級以上的舒緩者，這輩子可能都沒辦法離開極光總部半步。

舒緩者們卻相信把自己關起來是在保護自己。

但是羅森豪爾無法忽視克里斯．丹尼爾失蹤這個謠言。羅森豪爾想要給游離一記當頭棒喝，然後抓住一直想逃跑的游離，讓游離跪在自己面前。因為冬季大洲上的自然資源遠比其他大洲豐富，羅森豪爾想為了確認克里斯是否真的消失，已經費盡所有心思了。

偷偷摸摸販賣舒緩藥的羅森豪爾不可能掀出自己的底牌，他應該會隨便派一名等級比較低的舒緩者出面，讓異能者輪流進行舒緩課程。

但是別說是B級舒緩者了，就連A級舒緩者都很難讓克里斯安定下來。

克里斯就像一個無底深淵，不管傳送多少舒緩能量他都可以源源吸收。不是每個S級的異能者都會這樣，只有克里斯比較與眾不同，他本身就需要這麼多的舒緩能量。

『他不可能是強化系的異能者。』

如果克里斯真的像極光身分證上所顯示的是強化系異能者的話，他不可能才來到十一月大洲一個多月就如此缺乏舒緩課程。

強化系異能者的舒緩效率算是高的，因為他們的能量不需要向外延伸，只要在內在發揮作用就可以了。強化系異能者相較於其他異能者，他們失控的程度和造成的餘波都比較容易被控制住。

因此無法輕易派遣高級舒緩者到外地的極光通常在派遣隊裡都會安排比較多名強化系異能者。現在冬季大洲上屬於極光的異能者也大多數都是強化系的。

但是克里斯現在很明顯地缺乏舒緩課程，因此在游離眼前的男子就是「克里斯・丹尼爾」的可能性越來越大。

光靠極光提供的舒緩課程是不夠的，所以克里斯才會跑到游離這邊來，就像不小心到陸地上的魚兒會主動尋找水源一樣。

克里斯自己也不知道原因，但他總是會為了尋找一滴能讓自己潤喉的水而來到木蓮書店，游離看著這樣的克里斯，心裡不禁感到五味雜陳。難道失去記憶的克里斯也覺得自己來到這裡就可以解決某些困擾嗎？

游離決定要負起這個責任。

「你的臉色看起來不太好。」

游離把書交給克里斯的時候，稍微傳遞了一點舒緩能量給克里斯，游離感覺到克里斯過於敏感的能量稍微平息了一些。

沒有接觸是無法進行舒緩課程的，因此這些微弱的傳導是不會讓克里斯發現游離是舒緩者。就算克里斯察覺到什麼，克里斯也不可能把游離賣給極光。

游離覺得克里斯失去記憶，卻還可以繞這麼一大圈出現在自己的眼前絕對不僅僅只是巧合。

游離本來以為克里斯會雙腿軟癱坐在地板上，但是當游離看到克里斯若無其事地走出書店並快速逃離的樣子不禁有點吃驚。

游離一直都非常有耐心，但他那天卻沒辦法讓克里斯就這樣離開書店。

那天木蓮書店的燈亮到很晚，克里斯可能一回家就洗澡睡覺了，他沒有發出任何一點聲音。

游離突然停止整理書籍，因為他發現唱片機傳出的優雅爵士樂被打斷，取而代之傳來了一陣哼哼哼的呻吟聲。

「……看看這傢伙？」

游離聽到那鹹溼的聲音不由得瞇起了雙眼，雖然他有想過安裝竊聽器以後應該會發現一些秘密，沒想到卻有意外的收穫。

「他真像一條發情的狗。」

游離露出潔白的牙齒，他的聲音蘊含著輕蔑，以及深沉又陰暗的情緒。

☆☆☆

游離在安裝竊聽器的時候，其實心裡是有一些期待的。

雖然說出來會有點很丟臉，但游離的確在期待丹尼爾失去記憶也是會依靠著本能找過來。

☆☆☆

只可惜克里斯待在家裡的時間非常少，他大部分的時間都待在就業中心，只有睡覺的時候才會回家。

身為極光一員的克里斯頻繁進出就業中心的原因非常明顯。

因為克里斯要挖出游離・索伯烈夫的底牌。

如果仔細觀察克里斯調查的事情，就可以發現他根本沒有注意到游離・木蓮和游離・索伯烈夫之間的相同點。

游離覺得克里斯到處奔波的樣子看起來有點有趣，但也讓人覺得不太開心。

克里斯消失的時候到底發生了什麼事，他是怎麼去六月大洲的？又是怎麼加入極光的呢？

六月大洲掌握在羅森豪爾的手裡，就像十一月大洲掌握在游離的手掌心裡一樣，游離要調查克里斯在六月大洲做過什麼其實是一件有點困難的事情。

在某種層面來說克里斯的運氣也算滿好的，如果不是因為他現在的處境引起游離的好奇心，他應該早就被五花大綁地綁在鐵椅上嚴刑逼供。

不管克里斯在十一月大洲北邊的凍土區，還是在十三區的廢棄工廠區遊蕩，這些全都被游離看在眼裡，這也是克里斯可以安然無恙活到現在的原因。

游離不能再讓克里斯離開自己的領土。

游離跟著黑膠唱片機傳來的旋律低聲哼唱著。

C'est toi pour moi, moi pour toi dans la vie

你我都是為了對方而存在的

Il me l'a dit, l'a juré pour la vie

你曾經對我說，以生命起誓[1]

深夜裡，游離關上木蓮書店的門走了出去，據說在八區被圍捕的毒販中有一名生還者躲到山裡。

現在游離正打算去尋找那名生還者，並對他提出交易方案。

因為手下的人成功攔截到毒販使用的通訊網路，所以知道他躲在八區和九區交界的深山中。從訊號移動的方向看來，他似乎正在往較多民宅圍繞的八區前進。

游離必須謹慎地行動，而且這座山上沒有馬路，所以他只能步行上去。游離進入山中後，沿著事前規劃好的路線前進。

毒販就像雜草一樣，不管再怎麼清除還是會一直出現。只要吸毒犯存在的一天，毒販就會出現在他們四周；只要有毒販，吸毒者就會不斷增加。

這是一場不會結束的戰爭，但是游離卻不會感到疲累，他把這件事當成自己生活中的一部分。

早上起床經營書店，晚上整理收到的包裹然後再打掃店面，接著將書籍分類。不管是

1 Eidth Piaf 愛迪・琵雅芙《La Vie En Rose 玫瑰人生》。

每天經營書店接待客人的日常；還是在深山中追逐毒販，假裝要幫助毒販但其實目的是毀了他們，這些對游離來說都沒有太大的區別。

即使是在黑暗中行走，游離的腳步也沒有絲毫猶豫。

如果不是因為一場意外的相遇，游離就可以順利完成他的目標了。

游離原本以為自己是這一帶唯一的生命體，他卻在月光下發現一頭帶有銀色毛髮的野狼在休息。

游離不由自主地看向那頭野狼。

游離突然想起了以前的事情。

小時候游離也養過一隻大型犬，是他母親帶回來的流浪狗。雖然那隻狗的警戒心很高，但游離取得牠的信任後，牠就敞開胸懷接受游離。每當夏天的時候游離常常窩在大狗的懷裡流得滿身汗。

游離還記得爸爸曾經對著牠驚慌失措地大叫說「這是野狼！」，然後嚇得落荒而逃。然而從小就非常活潑開朗的游離卻絲毫不受影響。雖然那隻狗有尖銳的牙齒和爪子，但牠從來沒有在游離面前露出來過。

雖然游離已經記不太清楚了，但受到幼兒時期記憶的影響，游離到現在還是很喜歡動物。在來到十一月大洲之前，游離不願意跟動物培養感情，但是看到這麼特別的野狼，他的心又再次漸漸變得柔軟。

雖然異能者令人厭惡、人類令人恐懼，但是動物卻不一樣。

游離脫下手套徒手走近那隻野狼，滿身銀毛的野狼似乎有點警惕，牠先慢慢地退後幾步，後來似乎感受到游離的好意才停了下來。

伸手順利摸到野狼的游離表情卻變得異常僵硬。

因為游離的舒緩能量從觸碰到野狼的地方開始傳送出去。

「原來你是異能者。」

游離粗暴地抓住野狼的下巴並往前拉，他看著偷渡到自己地盤上這頭屬於羅森豪爾的走狗。

游離實在無法對從自己身邊奪走克里斯·丹尼爾，又放出一堆猛犬的那個男人有一絲絲好感。

既然游離被別人發現他是舒緩者，那他就無法放過這名異能者，趁著這名異能者沉浸在意外的舒緩課程裡而放鬆警戒的時候，游離必須盡快解決掉他。

游離拿出懷中的克拉克手槍，解開安全裝置後把槍口放進野狼的口中。不知道是不是因為披著狼皮的關係，游離覺得這名看著自己的異能者眼神看起來非常無辜。

游離沒有避開牠的目光，而是直接扣下板機。

砰的一聲，閃亮的銀毛下湧出大量鮮血，游離看著那頭身形龐大又美麗的野狼倒在濃稠的紅色液體中，游離彎下了身體。

野狼停止呼吸，脈搏也停止跳動。要確認野狼生命跡象最快速的方法就是舒緩課程，就算異能者想要裝死也騙不過舒緩者。

游離把手放到野狼的鼻子上，但是舒緩能量卻沒有傳送出去，如果是受了重傷的異能者會貪婪地吸取所有舒緩能量，這就表示眼前這頭野狼確實死了。

游離看了一眼這頭野狼、不，這名異能者的屍體，他收起手槍準備轉身離去。

克里斯・丹尼爾失蹤以後，游離知道極光總有一天會闖進十一月大洲，但是他沒想到竟然這麼快。

收好克拉克手槍的游離在轉身離去之前突然停下腳步。

異能者的獸人化正在解除，野狼的身體逐漸變回人形。如果事情真的這麼單純的話，游離會毫不猶豫地離開，但是游離的視線卻在黑暗中被一頭亮金色的髮色給吸引住。

游離不用確認長相，他光看體型就覺得非常熟悉，這一定就是這陣子頻繁進出書店的那名顧客。

游離誤以為是丹尼爾的那名男子竟然真的是強化系異能者，而且還是擁有獸人化能力的異能者。

「……你真的是假的嗎？」

游離受夠了。

受夠了極光和羅森豪爾，還有他們的偏執。

游離以為他們在第一次「毀滅」克里斯．丹尼爾的時候，就已經無計可施了，不然他們怎麼可能會放棄那個耗費巨大資金的實驗結果。

游離萬萬想不到他們會用同樣的基因再創造出一個新的個體。

但是看來他們失敗了，他沒有擁有丹尼爾那麼強大的力量，他只是能化身為一頭野狼的異能者而已。所以克里斯只是故意被送到十一月大洲上來擾亂游離的。

極光一方面為了確認丹尼爾是否真的失蹤，一方面也想知道游離看到「回歸」的克里斯會有什麼反應。

游離想到那名突然出現在書店，並憨厚地介紹自己名叫克里斯的男子。只要想到這一切都是精心設計的騙局，游離就覺得非常不開心。

也許是因為那是無法挽回的事實，但游離內心還是有些期待的緣故。期待那條總是追隨著自己、現在卻不知道死在何處的獵犬真的回到了自己身邊。

游離自己也知道這是不可能的事情，卻還是不自覺地被那道熟悉的眼神給欺騙。

所以儘管游離知道已經有人闖進這片土地了，儘管他知道自己最終會失望，但他還是放置不管。

不對，游離現在這種衝動的情緒僅僅只是失望的感覺嗎？

游離低著頭，面無表情地看著被鮮血染紅的亮金色頭髮。

克里斯是等級非常高的強者，他擁有的能力是念力，雖然這張臉長得跟他一樣，但是這名異能者的能力是獸人化，所以他一定不是真的克里斯。

『我必須要回敬羅森豪爾一個價值相當的禮物。』

游離收好手槍，轉身離開在月光下那具蒼白的屍體。他點了一下聽筒，接通後對手下下達一個指令。

「八區深山中有一具屍體，你去把他清理乾淨。」

游離計劃要將闖入這片荒涼土地的極光要員一網打盡。

雖然游離原本想再忍耐一下，但是他現在耐心已經到達極限了。

游離對於自己扣下板機這件事感到有點失落，因為他現在意識到自己真的變成孤單一人了，覺得心情非常糟糕。

游離很討厭每一個異能者，就連克里斯也不例外，只因為他們被與眾不同的枷鎖所牽絆著。

從克里斯・丹尼爾跟著死亡的阿納斯塔西亞一同消失的那天，游離就應該認清事實。

說好要當自己夥伴的那名男子已經永遠地消失在這個世界上。

游離對於自己這種荒謬的情緒感到非常憤怒，他不懂自己為什麼會沉浸在這麼膚淺的情緒中？

游離邁開大步離開，他的黑色皮鞋踩在沾滿鮮血的落葉上，平常有潔癖的他一定會非常謹慎，但是他現在卻絲毫不在意。

第二天，游離假裝什麼事都沒有發生，去木蓮書店準備開店。他打開包裹拿出裡面的書，開始分類這些書籍。

當他正認真地在做事時，幾乎沒有響過的電話鈴聲突然響起。游離看了一眼電話，然後站起身拿起了話筒。

「你好，這裡是木蓮書店。」

「沒有看到屍體。」

游離還在想哪個顧客會這麼早打電話過來，就聽到電話那頭傳來手下幹部羅建的聲音。因為游離沒有戴著連接手機的耳機，所以手下才直接打電話到書店。書店這裡是為了追捕毒販布置的地方，所以有設置防盜聽設備，游離立刻回問手下。

「有看到血跡嗎？」

「我們沒有找到任何一滴血，我帶了福爾圖娜一起過來，但是使用精神系能力也找不到任何線索。」

游離用手指頭輕輕地敲了敲桌子。

「完全沒有痕跡？」

「是，用精神系超能力也看不到痕跡，好像有一股強大的力量干擾了這附近的氣息。」

「好，我知道了，我有客人來了，等一下再——」

一陣清脆的聲音讓游離抬起頭，他看到門邊站著一名男子。

就是現在電話另一端的手下正在找的「屍體」。

但游離既沒有感到恐懼，也不覺得意外。

克里斯明明就死在游離手中，但是克里斯現在臉色不僅非常紅潤，看著游離的那雙眼睛也絲毫沒有任何憤怒或是厭惡的神色。

克里斯就像是被迷惑住地一直看著自己。

「……沒事，我先掛了。」

克里斯站在游離面前。

就像所有人都以為克里斯死了，但是克里斯卻突然出現在木蓮書店那天一樣。

「早安。」

游離突然意識到不管自己殺死克里斯多少次，或是拋棄克里斯多少次，克里斯都會回到自己身邊。

為了那個連克里斯自己都不記得的約定。

游離意識到這件事之後，他的嘴角不禁升起一股笑意。

「貴客來了。」

唉，有個人根本搞不清楚對方殺了自己，還一直對著對方獻殷勤。

游離瞇著眼睛對著克里斯笑著問道。

「你身體有好一點嗎？」

游離的聲音非常溫柔，看到游離這麼和藹可親地詢問自己，克里斯有點驚訝，然後他想到他上一次來這裡時發生的事情。

因為克里斯情況不太穩定，所以他上次在游離面前顯露出了虛弱的樣子。游離誤會自己身體不舒服，一語不發地將克里斯帶到藥局。

「我好多了，上次真的謝謝你。」

「那真的是太好了。」

游離說完話，克里斯猶豫了一下開口說道。

「那個。」

「今天進了一些新書，你要看一下嗎？」

游離和藹可親的語氣真的很像一個招待常客的書店老闆。克里斯認為今天是最後一次見到游離，所以他也沒有拒絕游離的提議，默默地收下游離給他的書。

暗綠色的絨毛封面看起來像是最近裝訂的書。

「這是一本新書。」

「雖然這是一家古書店，但是偶爾也會進幾本新書。」

這本書非常輕。

「這本書沒有書名嗎？」

「你翻一下就會知道書名了。」

克里斯面對游離這句有點像是腦筋急轉彎的話，他猶豫了一下翻開了第一頁，但是紙張就像被膠水黏起來似地非常難翻閱。

克里斯覺得鼻子癢癢的。

「內頁也沒有寫書名。」

「是嗎？」

游離裝模作樣地回答。

「你要不要再多翻幾頁？」

雖然克里斯很努力地想要翻頁，但是紙張卻緊緊黏在一起，看來游離收到的是出版社的瑕疵品。

「這些紙都黏在一起了。」

「嗯，有時候會這樣，你用這個試試看。」

游離在櫃檯裡翻找了一下，拿出一把尺給克里斯。克里斯把尺插進紙張的縫隙中繼續翻書。

「我這樣可能會不小心摺到書或是把書撕破……」

克里斯低聲說道，似乎認為與其莫名其妙地讓自己翻閱紙張黏在一起的書，不如讓自己一次搬運十本書好像還比較容易。況且這不是克里斯自己的書，而是游離書店要販賣的書，這麼一來克里斯更需要小心謹慎地對待它。

「反正你最後不是會買回去嗎？我推薦你的書，你從來沒有拒絕過……」

聽到這句話的克里斯突然覺得放心不少，游離說得沒錯，自己已經在木蓮書店買了非常多本不會看的書。

既然不用擔心損壞書籍，克里斯便安靜地繼續翻書。他已經不打算閱讀內容，只是小心翼翼地分開每一頁。

克里斯的身體逐漸往前傾斜，頭也漸漸地越來越靠近書本。

他越翻越覺得自己視線越來越模糊。

雖然覺得有點奇怪，卻無法停止，克里斯的身體完全無法跟著理智行動。

如果克里斯還保有一點理智，那他在其他隊員找到自己之前根本就不會離開家裡。不、應該是說他一開始根本就不會回家，因為家裡有疑似游離．索伯烈夫所安裝的竊聽器。

但是克里斯不但缺乏理智，他的身體還缺乏舒緩能量，因此他總是不自覺地去尋找自己需要的人。

就是克里斯專用的舒緩者。

「克里斯？」

「……怎麼了？」

「你剛才好像打瞌睡了，醒一醒。」

游離的聲調聽起來就像輕柔的搖籃曲。

克里斯迷迷糊糊地繼續翻頁，他的身體漸漸感到無力，視線也漸漸模糊，游離的聲音輕柔地迴繞在耳邊。

「你不能在這裡睡著。」

克里斯很想回答游離自己沒有睡著。

但是克里斯噗咚一聲倒在地上，游離則是低頭看著他。

雖然游離口中說著不能在這裡睡著，但他看著克里斯倒下去也沒有伸手扶住，甚至手中還拿著白色的繩索。

游離用繩子緊緊綁住臥倒在地的克里斯雙手，然後走到書店門口把門上掛著「正常營業」的掛牌翻成「休息中」的那一面。

游離彷彿只是一名關起書店大門的平凡人。

游離拖著克里斯從後門出去，克里斯的身高和游離差不多，再加上渾身肌肉，所以他的體重一定不輕，但是游離看起來卻絲毫不吃力。

游離打開黑色奧斯頓·馬丁經典款的後車廂，把昏厥的克里斯塞了進去，然後關上後車廂坐上駕駛座，並接上了耳機。游離脫下手套用手點了點耳機，電話就撥了出去。

「我們嘗試尋找目標物，但是……」

游離發動車子後，嘴角露出了不常見的笑意。

「你準備一下房間！」

☆☆☆

克里斯慢慢睜開雙眼。

一股死氣沉沉的氛圍映入眼簾，過了一下他才回過神來。

記憶慢慢湧上來的感覺就像是夜幕降臨時，看著路上的路燈一盞一盞亮起來一樣。

克里斯記得自己在翻閱游離遞給自己的書，但是卻突然感到一陣倦意襲來，之後就失去意識了。

這不是克里斯太大意，雖然說舒緩課程對異能者來說就像是萬靈丹，但一般的藥物對異能者來說絲毫卻沒有用處，所以異能者通常不需要提防這種意外。

『竟然有適用於異能者的安眠藥？』

克里斯很快就釐清了目前的處境，克里斯知道自己被游離．索伯烈夫綁架了，但自己卻一直以為那個人是游離．木蓮。

克里斯猜想自己和吉利恩還有阿帕爾納遭遇了同樣的情況。

克里斯感覺到一股涼意從屁股下的鐵椅傳過來，雖然試著想要站起來，但是雙腿卻動彈不得。從雙腿被束縛的感覺來看，克里斯猜想自己雙腿被綁在椅子上，雙手則是被綁在前方。克里斯可以感覺到繩子緊緊地纏住他的雙手。

通常一般人的雙手會被綁在身體後方，但是異能者卻不同。有些異能者的能力是用手勢來發動的，因此綁住異能者的時候要把他們的雙手綁在前方，這樣才可以第一時間阻擋異能者用手勢施展超能力。

克里斯抬頭看了一下四周冷清的環境，這裡應該是廢棄工廠或是某間倉庫，各個角落都閃爍著監視器的紅燈。

克里斯完全沒想到僅僅禁錮一個強化系異能者需要花費這麼大的力氣。

這時候似乎有人從監視器發現克里斯醒了，便打開門走了進來。

克里斯仔細聆聽靠近自己的腳步聲。

克里斯不用看都知道朝著自己走過來的人是誰，但是他卻不想確認而低著頭，那個人的黑影早已經落在了克里斯身上。

「離家出走好玩嗎？」

游離問。

「離家出走……？」

克里斯慢慢重複游離說的話。

雖然克里斯聽到這句話，但是他卻聽不懂是什麼意思。

「對啊，丹尼爾。」

游離的手抓著克里斯的下巴，將克里斯的頭抬了起來。

克里斯的皮膚所接觸到皮革觸感和強大的握力，以及刺眼的照明讓他不由自主地瞇眼，克里斯覺得這一切是一場非常難笑的笑話。

游離．木蓮其實是游離．索伯烈夫，而且還綁架自己，並稱自己為克里斯．丹尼爾也讓人無法接受。

克里斯非常想要否認這一切，但是他的嘴唇就像是被黏住似的，一句話都說不出來。

他突然想到在木蓮書店時，游離推薦給自己的書，還有那些書名的第一個字母所形成的單字。

「IDIOT」。

「DANIIL」。

「笨蛋」。

「丹尼爾」。

游離在克里斯什麼都還沒有發現之前就給過克里斯提示了。

克里斯抬頭看了看現在才露出真實身分的男子。

脫下眼鏡的游離和克里斯經常在書店看到的冷淡老闆形象差距非常大。克里斯一直覺得游離．木蓮的紫色眼睛很像紫羅蘭花，但是游離．索伯利列夫的眼睛雖然也是紫色，看起來卻像冷冰冰的礦物。

但奇怪的是克里斯覺得自己比較熟悉現在的游離。

克里斯緊張地舔了舔自己乾燥的嘴唇。

「索伯烈夫，我聽不懂你在說什麼。」

游離微微地皺了一下眉頭。

「我不是克里斯．丹尼爾，我是克里斯．極光。」

「……你也太可笑了。」

游離瞇著眼睛打量著克里斯的臉，雖然游離的表情很冷靜，但是從游離的視線中可以感覺到他非常不開心。

「如果我告訴你這是羅森豪爾幹的好事，你應該會想問我他是怎麼做到的。」

羅森豪爾？

克里斯聽過這個名字，克里斯進入極光的時候看過他的採訪。羅森豪爾是異能者聯盟的創立者及前任代表，但是克里斯沒有親眼見過他，克里斯也不懂游離為什麼會突然提到他的名字。

「如果要在我面前否認自己的身分，你至少要換一張臉才比較有說服力。」

游離用手拍了拍克里斯的臉，雖然游離戴著手套，但克里斯還是感覺到自己全身的汗毛都豎了起來。

克里斯盡量壓抑自己波動的情緒，冷靜地回答游離。

「……你不能光用長相判斷我是克里斯．丹尼爾，能改變自己樣貌的異能者非常多，而且我也不會使用念力。」

大家都知道S級異能者克里斯．丹尼爾使用的是念力。

這件事情是經由一名曾經試圖闖入冬季大洲的S級異能者索拉利亞的日記中得知的。日記中顯示克里斯．丹尼爾是無人能比的強者，他的念力非常強大，而且戰鬥力也很強，就算同時面對多名異能者也不會落於下風。克里斯不像其他元素系異能者一樣只能進行遠距離攻擊，克里斯也很擅長肉搏戰，他的念力甚至可以帶動大海中的海水。

極光認為克里斯是S級異能者。索拉利亞則是表示克里斯對面數名極光同等級的異能者時也絲毫不會處於下風，甚至還會可以打敗極光的隊員，因此索拉利亞認為克里斯的等級有可能更高。但這份日記卻遭來許多閒言閒語，大家覺得索拉利亞給予黑手黨獵犬的評價太高了。

但是克里斯看到索拉利亞的日記時卻覺得索拉利亞不是為了讚嘆克里斯．丹尼爾，而是想要大家精準掌握敵人底細好加以反擊，所以才寫下客觀的判斷。

索拉利亞在出版了自己日記之後就此銷聲匿跡。有人認為強者索拉利亞和克里斯．丹尼爾對戰中失去雙腿後，因為太過於悲觀而走上絕路。

異能者聯盟每次試圖闖入冬季大洲的時候，總是會被克里斯．丹尼爾所阻攔，最終他們只好選擇了封鎖冬季大洲。

「所以呢？」

游離的眼裡閃著異樣的光芒。

「那你的超能力是什麼？」

「我是使用獸人化的強化系異能者，獸人化的型態是野狼……」

「那你表演一次給我看。」

克里斯的話還沒有說完，游離就揚起下巴命令克里斯。

聽到這句話克里斯呆了一下，他的兩隻手都被繩索緊緊綁住，如果這時候變異的話手可能會斷掉。雖然克里斯是人類的時候體格已經非常壯碩，但還是遠遠不及化身為野狼後的自己。

這件事情眼前的游離不可能不知道，但是黑手黨是不會在乎一個俘虜的處境。

『如果手斷了，想逃離這裡就變得有點麻煩。』

克里斯咬著嘴唇。

「你可以把繩子弄鬆一點嗎？」

克里斯沉著的語氣好像只是在拜託對方把書架上的書翻開一樣，游離看著克里斯然後說道。

「沒有那個必要。」

游離的語氣非常和善。

「如果你是丹尼爾的話，你就不可以變異，如果你不是丹尼爾……」

游離話只說了一半，他故意沒有說完後面的話就是要讓克里斯有想像的空間。

如果說克里斯不是丹尼爾，而是克里斯．極光的話，游離．索伯烈夫就不需要在乎他手會不會斷掉。

克里斯感到心底一涼。

克里斯抿了抿嘴巴，要他化身為野狼非常簡單，雖然手可能會斷掉，但是只要雙腳完好無缺就可以試著逃離這裡。

問題是如果克里斯真的變身成野狼，就表示他不是克里斯．丹尼爾，那麼游離就不可能放過自己。

克里斯搜尋吉利恩和阿帕爾納未果之後，並沒有聽到白夜要求極光贖人的消息。游離．索伯烈夫抓到克里斯後沒有殺死他，而是先綁著他，只是因為克里斯很有可能就是克里斯．

丹尼爾。

「你在考慮嗎？」

游離用清澈的紫色眼睛看著他，他彷彿可以看出克里斯在想什麼。

「我在思考你是不是瘋了。」

克里斯挑釁地說道，游離的眼睛裡閃過一道精光。

「這是你第一次反抗我。」

游離雖然覺得克里斯挑釁自己這件事很新鮮，但想到克里斯是被極光帶壞的，還是覺得有點不太高興。

「好吧，你說說看你想要怎麼樣？」

游離單刀直入的問題讓克里斯知道自己的挑釁沒有奏效，他默默地說出自己的要求。

「我不想要因為一個瘋子認為我在冒充別人而被殺死。」

「我答應你。」

游離毫不考慮地回答克里斯。

「我不會因為你是假的而殺你。」

出乎意料地，游離的反應非常平靜。克里斯突然覺得游離的話中可能帶有陷阱，畢竟他們現在不是在談判。

克里斯現在是單方面被威脅，如果現在游離拿刀架在克里斯的脖子上，克里斯也不能怎麼樣。如果克里斯被嚴刑拷打，在克里斯嘗試逃脫之前可能就會身受重傷。

克里斯閉上雙眼，因為他現在穿著衣服，所以在獸人化的瞬間他的衣服就會破碎，但克里斯現在也顧不了這麼多了。

克里斯現在非常專心地在啟動自己的能力。

『……？』

克里斯的手臂沒有感覺到任何疼痛，他睜開雙眼發現自己的視線並沒有任何改變，依然坐在鐵椅子上，抬頭看著盯著自己的游離。

『再一次。』

克里斯咬了咬嘴唇，他明明感覺到自己身體內的能量在流動，那種感覺就跟以前一樣，但為什麼會不能變異呢？

「……怎麼會這樣？」

克里斯看著自己被繩子緊緊綁住的手臂喃喃自語。

『變異，快點變異。』

克里斯的能量已經傳送到全身，卻無法變成野狼。

克里斯驚慌地看著游離，不知道是不是影子擋住了游離一大半的臉頰，克里斯看不太出來游離的表情。

「看來你獸人化的過程不太順利？」

「我從來沒有發生這種情況過……可能是現在能量比較不穩定的關係。」

克里斯盡量壓制著自己的焦慮說道，這可能是游離・索伯烈夫綁架自己時使用的藥物造成的副作用。

「應該是、是那本書上沾的藥物引起的副作用。」

那個藥效強到可以讓異能者失去知覺，一定是存在某種副作用。

「我必須告訴你現在沒有藥物可以抑制異能者的能力，那本書上有的只是非常強烈的安眠藥而已。」

游離看著克里斯這樣說，游離用戴著手套的手抬起了克里斯的下巴。接著用閃閃發亮的眼神看著克里斯，就像是屠夫在宰殺家畜前要檢查牠們的身體一樣。

游離的臉上沒有情緒，絲毫看不出任何渴望或喜悅。

「這是什麼……不可思議的情況……」

克里斯覺得腦子一片混亂，他忍不住喃喃自語。

「你要死就死在我面前，為什麼要到處亂晃，還被羅森豪爾撿走呢？」

游離冰冷的目光第一次顯露出自己的情緒。

那是憤怒的情緒。

「我醒來的時候就在極光了，我只有在紀錄片中看過前任會長羅森豪爾的臉而已。」

「你還真的都忘了。」

游離低聲說道，克里斯突然覺得全身僵硬。

「你竟然把一切忘得一乾二淨，你為什麼會徹底忘掉關於我的記憶？」

克里斯近距離地感覺到游離的氣味，他努力讓自己屏住呼吸。克里斯不懂除了恐懼感以外，自己為什麼會在這個綁架自己的男子面前感受到緊張的情緒。

難道是因為那份服從心理已經深深地被烙印在自己的過去中嗎？

如果克里斯是因為自己曾經是游離．索伯烈夫的獵犬才不敢違抗他的話，那克里斯的處境就非常不妙。

克里斯很想告訴自己這都是騙局，卻又覺得這一切有可能是真的，就感到非常絕望。因為克里斯現在沒有辦法變異為野狼，游離．索伯烈夫偏偏又在這時候稱他為克里斯．丹尼爾，並叫他使用超能力，讓克里斯覺得時機點太過於巧妙。

克里斯去過很多次書店，雖然克里斯和游離沒有深談，但是克里斯也知道游離不是那種喜歡開玩笑的人。

「我以為你還活著這件事會讓我很高興……現在你這種情況比死掉還更讓人困擾。」

游離看著克里斯的目光逐漸變得陰沉。

「你想要殺了我嗎？」

這是一個非常大膽的問題，但是克里斯必須要知道自己有多少時間。聽游離說話的感覺，他不會因為把克里斯誤認為克里斯．丹尼爾就給他比較多時間。

「不是。」

乍看之下那雙紫色眼睛之中好像蘊含著克里斯的存在，但游離所盼望的應該不是現在這時刻的他，而是遙遠的過去。

「你就像我們第一次見面的時候那樣，證明一下自己的用處。」

游離伸手拍了拍克里斯的臉頰，克里斯的身體微微地抖了一下，皮手套碰到皮膚的觸感讓克里斯起了雞皮疙瘩。

「用處……」

克里斯差點噗哧一聲笑出來。

不知道為什麼，克里斯覺得每件事都讓人非常混亂。

克里斯的生活中沒有過去只有現在，卻還是非常堅強地度過每一天。

如果幾個星期前有人問克里斯他是誰的話，克里斯會毫不猶豫地說自己是克里斯．極光，一名隸屬於異能者聯盟的強化系異能者。

但是現在克里斯在游離面前卻搞不清楚自己是誰、會做什麼事、甚至不知道自己想要什麼。

最可笑的是克里斯也沒有辦法反駁游離，克里斯既沒有辦法告訴游離自己的過去，又因為超能力突然失靈而無法辯解自己不會使用念力。

克里斯現在別說是要說服游離了，就連自己都開始在懷疑自己。

「用處，我現在連我自己會什麼都不知道了，怎麼可能證明自己的用處？」

游離似乎就在等他這句話，立刻回答道。

「你是不是應該要完成之前沒做完的事？」

沒做完的事？

克里斯聽到這句話突然想到了毒販阿納斯塔西亞，「克里斯．丹尼爾」最後一個任務就是除掉阿納斯塔西亞。

「阿納斯塔西亞還活著嗎？」

游離聽到克里斯的問題，眼睛瞇了起來。雖然游離的表情變化沒有很明顯，但游離看起來似乎很滿意克里斯的反應。

「聽說被你殺死的阿納斯塔西亞有復活的能力。」

游離淡淡地說出的這句話，就像是開始了傳說故事的序章。

「你奉我之命找到了她，但不知道為什麼你沒有立刻跟我回報。」

當時游離完全沒想過克里斯會有別的想法，畢竟克里斯・丹尼爾是游離的「狗」，只要是游離叫克里斯做的事，不管是什麼事克里斯都會照辦，是一隻非常忠誠的猛犬。

「然後某一天你就沒有再回來了，我追查你的蹤跡後在一棟住處發現毒販阿納斯塔西亞的屍體和一大灘你的血。」

因為沒有發現克里斯的屍體，游離認為克里斯・丹尼爾有可能還活著。但游離也覺得克里斯・丹尼爾如果還活著，卻沒有回到自己身邊是很奇怪的一件事。忠犬丹尼爾的故事流傳到了其他大洲，甚至還傳到了極光的總部六月大洲。

「你去找出那個女人，然後確認一下她是否真的具有可以復活的能力。」

要怎麼找一個已經死掉的人？

阿納斯塔西亞和克里斯・丹尼爾不一樣，她的屍體已經被發現了不是嗎？

克里斯低下頭，他覺得這個失去忠犬的主人可能已經發瘋了。

這裡不是六月大洲，而是眼前這名男子所掌管的地盤。克里斯從被綁過來開始，他的性命就掌握在游離手中。

在這種情況下如果違反綁匪的意志只會讓綁匪更加警惕，降低自己逃脫的機率。

「我現在被綁在這裡，沒有辦法去找人。」

克里斯伸出手對游離說，克里斯的手臂被繩子緊緊綁住，看起來很不舒服也很痛苦。

「我不可能隨便鬆開你，我必須再找回你的狗鍊。」

游離慢條斯理地脫下手套，但是他感覺不太情願，好像是要完成一項拖延很久的作業。

克里斯本來以為就算踩破木蓮書店的門檻也沒有機會再看到游離的手，但是現在那隻手正緩緩地顯露出來。游離的半邊臉被陰影壟罩，另外半邊的皮膚則是透著光，讓克里斯無法移開視線。

克里斯感覺到自己口乾舌燥，雖然克里斯不知道游離會對自己做什麼，但他的身體已經先有反應了。一陣寒意從克里斯的背後升起，他的腳趾頭也不自覺地蜷曲起來。

我必須要逃跑——

但是為什麼會這樣呢？

單純的本能贏過了理性的思考。

反正克里斯已經被綁在這裡不得動彈，除了放棄掙扎也沒有別的辦法。克里斯也非常清楚自己的身體反應都被游離看在眼裡。

游離伸出手抓住克里斯的下巴讓他的頭抬起來，應該是因為游離身後光線的關係，克里斯覺得有點刺眼。

但是現在有另一種感覺比視覺更加強烈。

游離的手觸碰到克里斯的瞬間，克里斯感到一股電流竄過自己的全身。有一點像是快感，但同時也是一種無助和如釋重負的感覺，其中又蘊含了一些強烈的恐懼。

「啊、啊、啊……！」

克里斯突然意識到自己不自覺發出呻吟聲，他立刻咬緊牙關忍耐。

這到底是什麼感覺呢？

克里斯的眼淚順著臉頰流下來，這種感覺很像是自己在永無止盡的奔跑後，突然聽到有人命令自己停下來休息一下。

貧瘠的土地被甘泉浸潤，經歷久旱後的第一滴泉水雖然可以解渴，同時也讓人感到痛苦，卻又不得不吸取這滴水。

在親自體驗到這種感覺之前可能不知道那是什麼，但克里斯現在知道了。

「這……這是舒緩課程嗎？」

克里斯在心裡暗暗咒罵極光的同事們。這不僅是可以為了舒緩者付出所有，克里斯根本想把自己整顆心都送給游離。

雖然這種感覺只有在舒緩課程中才會感受到，但克里斯還是覺得自己完全被游離征服。

克里斯完全沒有感受到之前接受舒緩課程的不適感。

有一種真實的感覺勝過了舒緩藥物的香味，那些廉價的合成藥物完全比不上游離的舒緩課程。

克里斯睜開了眼睛。

接著克里斯感覺到了全新的世界，一直以來敏感又緊繃的神經被游離撫平了。

克里斯的眼中映入的游離彷彿被添加了迷人的色彩，每次呼吸都充滿著游離的香味，感覺比平常圍繞在木蓮書店的香氣濃厚好幾倍。就連游離看著自己的雙眼微微眨動的聲音都變得很大聲，讓人感到頭暈目眩。

轉眼間游離的手離開克里斯的肌膚再次戴上手套，但是克里斯的下巴似乎還感受得到游離的觸感。克里斯忍不住細細回味游離柔軟的肌膚，他抬頭看著游離彷彿在拜見新世界的神明。

游離·索伯烈夫是舒緩者。

意識到這件事情的克里斯，低下頭倒吸一口氣。

結束舒緩課程後，克里斯覺得自己腦筋一片混亂，就像是好不容易架起鋼筋的房子被暴風吹垮似的，所有的思想觀念都在動搖。

也許有人會覺得才進行一次舒緩課程就動搖的克里斯很可笑，就連克里斯的夥伴們敘述自己可以為了舒緩課程付出幾百幾千元的克萊蒂幣時，也沒有人說過自己打從心底被動搖過，他們只不過是需要一名舒緩者而已。

但是克里斯不一樣，跟別人比起來克里斯一無所有。對於其他人來說多年來的所見所聞以及感受過的經歷就像一座堅固的防護牆，但是克里斯卻沒有那座防護牆。不明原因的失憶讓好不容易打下基礎的克里斯毫無能力抵擋這場風暴。

更重要的是這是克里斯第一次接收到「正常的」舒緩課程，克里斯完全沒想過有這種不會讓人從心底感到不舒服的舒緩課程。

克里斯感覺到眼淚流過自己的臉頰，卻不是因為高興或是悲傷。因為克里斯沉浸在舒緩課程中，根本沒有心情去思考那些情緒。

這個眼淚是克里斯緊繃很久的感官終於得以放鬆而流下的生理性眼淚。

「丹尼爾。」

游離抓住克里斯的頭髮抬起他的頭，游離清澈的目光仔細地看著克里斯的臉。

當克里斯的目光和游離相會時，克里斯的心又狂跳起來。

這不是恐懼，而是一種無法得知的情緒。從剛剛開始心裡就湧上非常多情緒，所以克里斯也不確定自己究竟在想什麼。

「雖然你不記得了，但是我們兩個互欠對方。」

游離說得不清不楚，但是語氣卻和藹可親。

「你最好放棄逃跑的念頭，以我的個性我一定會追到底。」

克里斯喘著氣沒有回答游離。

堅持稱克里斯為丹尼爾的游離，他的嘴唇看起來就跟工藝品一樣細膩。

游離的嘴唇近到快要碰到克里斯，他們的氣息都交融在一起。

游離面無表情。

克里斯看著游離陰沉的紫色眼睛突然領悟到一些事情，對於自己來說很愉悅的感覺，對游離來說卻是一件痛苦的事情。

『為什麼會這樣？』

舒緩者進行舒緩課程的時候不是沒有副作用嗎？

但是仔細想想，克里斯自己身為一名異能者每次接受舒緩課程的時候都被強烈的不適感折磨，所以對於舒緩者來說可能也會有例外發生。

克里斯光是用想的就覺得沮喪，他的喜悅漸漸消失，取而代之的是一股自責感。

克里斯覺得自己現在不太正常，他應該要討厭這名綁架自己的人並想辦法逃離這裡，但是克里斯才接受了一次舒緩課程就開始擔心對方了。

從某個層面來看，這種情況比斯德哥爾摩症候群還要糟糕。

「你的舒緩課程看起來非常不足，先乖乖地待在這裡。」

游離俐落地站起身，克里斯被綁架的時候所預想的那些暴力場面完全都沒出現，反而是接受了舒緩課程讓自己的意志產生動搖。

如果繼續這樣下去克里斯可能會堅持不住，不對，這世界上會有異能者可以堅持得住嗎？

克里斯還來不及回話，游離就已經從這間倉庫唯一可以射進光線的大門走到外面去了。

他的視線看向地板，游離細長的影子搖搖曳曳地離自己越來越遠。

「為什麼……」

好不容易喘過氣的克里斯抿了抿嘴唇。

「為什麼我們第一次見面那天，你要把我當作一般的客人？」

游離細長的影子停了下來，雖然游離沒有馬上回答克里斯的問題，還是可以感覺到游離是聽到這個問題才停下腳步，這讓克里斯緊張得心臟怦怦狂跳。

「……因為生活總是對我不太友善。」

雖然克里斯想要安慰這個毫無期待的男人，但他最終還是沒有開口。

因為克里斯感覺到游離的聲音中流露出的不是溫柔，而是深深的輕蔑感。

☆☆☆

「呃、啊呃、呃……」

克里斯連人帶椅子地倒在地上。

身體這股熱氣是游離走出去之後，克里斯昏厥再甦醒時感受到的。克里斯因為舒緩課程的關係近乎昏厥，清醒之後覺得自己全身痠痛，好像還有點發燒。

當克里斯意識到這股熱氣的來源時，他已經被熱氣吞噬了。克里斯感覺到一股興奮的感覺沿著自己的血管在流動。

克里斯很快就猜到自己興奮的原因。

「呃、呃……！」

是舒緩課程的關係。

克里斯的手被綁住了，所以沒有辦法握住它並套弄它。克里斯的雙腿也被綁住了，現在唯一能做的就是微微搖晃無法動彈的大腿，再用手臂壓住自己的下半身。

其實克里斯應該安安靜靜地等待興奮的感覺慢慢褪去，但是他卻無法放棄這種愉悅的感覺。

克里斯無法反抗這種感覺。

在第一次見到游離的那天，還有發現竊聽器的前一天晚上去了木蓮書店回家後感覺到的快感現在正席捲克里斯的身體。

那種快感完全無法停止。

克里斯很慶幸游離已經離開這裡了，他並不想讓游離看到自己這個樣子，他沒有自信自己可以用這種樣貌對面游離的紫色眼睛。

同時，克里斯也升起了一種「游離真的不知道嗎？」的懷疑。如果自己真的像游離所說的是克里斯・丹尼爾，是游離的異能者，游離應該會幫自己進行舒緩課程。

游離的異能者。

克里斯僅僅是這樣想，就感覺到下腹部傳來一陣快感，還有一種強烈的忌妒心，克里斯從來沒有經歷過如此強烈的情緒。

克里斯在極光中經歷的事情都非常枯燥乏味，但是來到十一月大洲後一切都變得不一樣，所有事情都是全新的經驗。游離所有的一切都不斷刺激克里斯，並吸引克里斯到木蓮書店。克里斯雖然不知道自己在做什麼，卻總是不知不覺地站在書店前面。

雖然克里斯腦中一片空白沒有記憶，但是他的身體似乎記得所有的一切，潛意識帶領著克里斯去尋找游離。

「不會的。」

克里斯喃喃自語道。

這一定是游離・索伯烈夫策劃的。黑手黨無法接受克里斯・丹尼爾死掉這件事才會這樣，克里斯根本沒有必要淌這場渾水。

克里斯認為自己是極光的一員，現在根本不用理會游離說的話，只要想辦法逃離這裡就好。

克里斯腦中突然浮現一種聲音，好像在刺激克里斯的腦子。

『你這條發情的狗……』

「哼……！」

克里斯反射性地扭了扭腰，之前在夢中游離稱克里斯為一條發情的狗這句話一直迴繞在克里斯腦中。

會不會那其實不是一場夢，而是過去記憶的片段呢？

這種假設總是不斷衝擊著現實。

克里斯本來打算適應黑暗後就開始尋找逃脫路線，但現在看來有點困難，克里斯的身體正在追求舒緩課程的快感和餘韻。

令克里斯感到痛苦的是就算他再怎麼隔著衣服摩擦，也無法達到高潮。就算克里斯想要忍耐，但感覺就像是有幾百隻火蟻在傷口上爬行邊啃咬一般，讓人無法忽略它的存在。

「啊、哼嗯、呃！」

克里斯咬住嘴唇，他只要想到有人在聽從他嘴裡發出的呻吟聲，就覺得非常羞恥。克里斯認為就算自己把精液沾到褲子上，應該也沒有人會幫他換褲子，因為他有可能會趁著脫褲子的時候踢開對方逃跑。

雖然克里斯現在頭腦不清楚，視線也非常模糊，但他還是在思考要怎麼逃離這裡。克里斯認為必須在惡名昭彰的黑手黨認定自己為克里斯．丹尼爾之前先逃離這裡。

被綁架後的黃金拯救時間是七十二小時，通常目擊證人的記憶會在四十八小時之後漸漸模糊，被綁架的人質也通常都在頭一兩天就會被殺害。所以極光可能會在克里斯失蹤四天後就放棄尋找他的下落。

這裡不是六月大洲，而是黑手黨的地盤，極光已經失去吉利恩和阿帕爾納了，他們也絕對想不到克里斯的失蹤會跟木蓮二手書店有關係，極光應該會認為克里斯是去追尋吉利恩和阿帕爾納下落的時候被對方發現。

就算極光想法再異想天開，他們也不可能會猜到游離．索伯烈夫會因為自己的獵犬不見了，而抓了一個長相類似又同名的人。極光也不會想到冬季大洲的統治者竟然會有閒情逸致去經營一家古書店。

考慮到現在的情況實在不太可能有人來幫助克里斯，所以他必須靠著自己逃脫出去。

『幸好敵人的腦子不太正常。』

克里斯靠在椅背上，用發脹的頭腦思考著過了七十二小時之後，如果他還沒有想到自己的「用處」，那該怎麼讓自己活下去。如果克里斯堅決否認自己是丹尼爾，那游離應該會想盡辦法讓克里斯恢復記憶。

克里斯認為游離不管是叫自己去尋找已經死去的毒販，還是把自己當成生死未卜的丹尼爾，都代表游離．索伯烈夫已經變得有點脆弱了。

克里斯不覺得游離可憐。

克里斯只是了解到……克里斯．丹尼爾對游離來說是非常重要的存在。

克里斯跟吉利恩和阿帕爾納比起來運氣算是好的，游離．索伯烈夫想做的事情是跟克里斯有關，而不是跟極光有關，所以克里斯的性命才可以留到現在。

克里斯一直活在危機當中，只要還能保住性命，就可以在這場危機中占據有利的位置。

也許是想到自己有可能會就此死掉，克里斯便想辦法讓急促的呼吸漸漸穩定下來。但他的額頭上全是汗水，因為克里斯的欲望沒有得到解放，下腹部依舊硬挺。

克里斯很慶幸自己沒有讓游離看到自己勃起後呻吟的樣子。

『因為那個人……他很討厭骯髒的東西。』

克里斯腦中突然閃過這樣的想法。

雖然要發現游離有潔癖不是一件困難的事情，但問題是認識游離越久，克里斯就會覺得自己好像很了解游離。

克里斯對自己的過去一無所知，所以聽到對方說的話，難免會出現「該不會是真的吧？」這種感覺。

克里斯是極光的一員。

「……我必須要回去。」

克里斯喃喃自語，他希望藉此忘記游離的舒緩課程。克里斯一定要回去，他認為自己應該要待在六月大洲的極光本部，而不是留在十一月大洲。

克里斯想要好好地執行自己的任務，然後晉升到更高的職位。

這個目標是克里斯堅持到現在唯一的動力，就算克里斯失去記憶了，他還是很想要闖出一番成就。

喀啦——

耳邊傳來開門的聲音，克里斯猛然抬起頭看到游離站在自己面前。

克里斯不知道自己勃起到現在已經過了多久了，但是他看到游離回到這裡時，愉悅之情溢於言表。

這就是異能者的本能，克里斯和其他異能者不一樣，其他異能者要跟舒緩者見面的時候都會盛裝打扮，但是克里斯見到舒緩者的時候卻會感到非常憂鬱。有些人甚至明明知道帶著禮物過去會被盤問並沒收，還是會準備禮物送給舒緩者。他們就像是要去遊樂園玩的小孩或是要跟情人約會的人一樣非常開心愉悅，因為他們認為自己要去見救世主。

克里斯聽到游離大步走向自己的腳步聲，游離的氣息越接近克里斯，克里斯越感覺自己的心臟怦怦跳個不停。克里斯對於自己現在的反應比一開始的時候還要強烈，忍不住覺得有點驚慌失措。

「你都已經回來了，還想要再去哪裡？」

游離應該是聽到克里斯剛剛的自言自語，所以一走進來就嘲諷克里斯。游離微微彎下腰，抬起了克里斯的下巴，克里斯反射性地閉上眼睛，只因為覺得自己跟游離的距離太近了。

「你耳朵跟脖子都變紅了，我應該沒有幫你塗上紅色的水彩？」

游離輕聲說道，克里斯不用想也知道自己現在發熱的身體跟之前完全是天差地遠。

克里斯打算用雙手遮掩住自己勃起的下半身等到游離離開這裡。

「你那天也是這樣吧，就是你回家前繞過來書店的那天。」

游離摸了摸克里斯的耳朵低聲說道。

該不會……

「你老實說你是不是每次從書店回去都會勃起然後打手槍？」

克里斯睜開雙眼，他不自覺地屏住了呼吸。

「因為沒有東西讓你抽插，所以你就用手摩擦你的老二，然後你也沒有可以叫喚的人名，所以只能發出呻吟聲。」

游離說出的話非常低俗，克里斯不由自主地盯著游離看。

但是游離看到呆若木雞的克里斯，也沒有打算停口。

「我看到你買回去的書都非常新，既然你都沒有看書，那為什麼還要買這麼多書，原來是我想錯了。」

「你……你怎麼會知道……」

克里斯結結巴巴地說，他覺得自己的喉嚨像是被人掐住一樣。

其實克里斯早就猜到竊聽器是游離．索伯烈夫安裝的，只是他的心裡一直把「游離．木蓮」和「游離．索伯烈夫」當成不同的人。

克里斯的心裡沒有辦法將二手書店的善良老闆跟安裝竊聽器的黑手黨混為一談。

克里斯覺得心底一涼，失望和背叛感席捲了克里斯。

眼前的這名男子是自己的敵人，而不是無法修成正果的初戀或是被遺忘的過往緣分。

克里斯盡力地控制住自己混亂的心情，反正自己的未來已經被游離控制住了。

「時間過了多久了？」

游離轉了轉眼珠。

「大概過了五個小時。」

「你來找我有什麼事嗎？」

「喔。」

游離的嘴角微微上揚，那個笑容看起來不太正常，讓人感到背脊發涼。

「吃飯時間到了。」

克里斯不用看游離也知道他沒有拿食物過來。

「雖然你很會吃……但是一次給予過多的量，你還是會受不了。」

游離慢慢地脫掉手套，克里斯看到游離白皙的手掌不自覺地往後縮，儘管克里斯被綁在椅子上，根本沒有地方可以退後。

游離是來進行舒緩課程的。

為了讓克里斯陷入狂喜的地獄中。

「不、不要……」

雖然要克里斯說出不想接受舒緩課程是很痛苦的事情，但他還是開口拒絕了。

「不要這樣。」

克里斯拚命抵抗。

雖然克里斯這次運氣很好，但是下次呢？如果進行舒緩課程後又勃起的話怎麼辦？克里斯還能夠安然度過嗎？

他還能夠在游離面前隱藏自己這副德性多久？

克里斯非常害怕游離的舒緩課程，雖然這和小巷子中的享受安定完全不一樣。它沒有服用藥物後伴隨而來的空虛和無力感，也不會讓人產生吸毒後來的恐怖幻覺。反而是會讓原本空虛的心靈變得充實，並感受到一股平和與安心。

所以克里斯更是盲目地被游離吸引，對一個所有感官都非常敏銳的異能者來說，感受到平靜就是他們最大的快樂。

從某個層面看來，這種情況比上癮還可怕。

規律的舒緩課程會讓身體狀況變好，異能者的身體狀態會接近完美。但相反地，沒有舒緩課程的話異能者的精神狀態就會逐漸崩潰。

克里斯的意志逐漸變得模糊，他覺得自己會變成第二個克里斯·丹尼爾。

「你等一下心情會變好的。」

游離默默地說道。

「每個人都這樣說。」

游離的手越靠近克里斯，克里斯就覺得自己的呼吸變得更加粗重，雖然克里斯試圖克制自己的呼吸聲，卻徒勞無功。

「為什麼……」

游離這次把克里斯的眼睛遮住了，因為游離覺得那雙無法正視自己的蔚藍色眼睛讓自己感到心煩意亂。

那雙眼睛顯露出克里斯真心排斥游離和游離的舒緩課程。

「為什麼你明明也覺得很不舒服，卻還是要這樣做呢？」

游離感覺到自己的手掌微微在冒汗，也發現有一滴眼淚從臉頰上流下來。

游離很慶幸自己把克里斯的眼睛遮住了，他若無其事地回答道。

「你自己努力想起來。」

第二次的舒緩課程讓克里斯垂下雙臂，緊閉雙唇，克里斯不能再像第一次那樣讓游離看到自己崩潰的樣子。雖然克里斯不知道游離為什麼要遮住自己的眼睛，不過克里斯也很慶幸可以藉此隱藏自己的表情。

舒緩能量由第一次打通的路線進入到克里斯的身體內，它舒緩了克里斯體內壓抑的氣息，注入了新的活力。

克里斯因為睡不好而長期被失眠困擾的身體彷彿被強制抬起，一種自相矛盾的清爽感逐漸從克里斯身體裡散開。

『得救了。』

克里斯現在就像一條從髒水中回到淨水的魚一樣可以自在地呼吸，身體變得輕飄飄的，緊繃的肩膀也慢慢地放鬆下來。

如果克里斯沒有被綁在椅子上的話，他應該已經癱在地板上了。

「先這樣。」

游離慢慢地移開自己的手，克里斯緊閉著雙眼，半邊臉頰已經被淚水浸溼，脫掉手套的游離低頭看了克里斯的下半身。

『……！』

把手移開的游離忍不住看向克里斯鼓起的褲襠。

「看來我沒有替你著想。」

克里斯的睡意瞬間消失，他開口說道。

「請你出去。」

克里斯咬緊牙關說出的話聽起來非常生硬，這不是因為他很憤怒，而是感到非常羞愧和恐懼。

「你在極光接受舒緩課程的時候，也會這樣勃起嗎？」

游離戴著手套用力地捏了克里斯的生殖器，克里斯其實可以用被綁住的雙手推開游離，但是克里斯現在卻連游離的衣服都不敢碰。

克里斯很擔心又會引起舒緩課程，想把游離推離自己身邊。

「沒、沒有。」

克里斯搖了搖頭。

「像你這種會隨便看上書店老闆的淫亂之人，難道還會守著貞操？」

雖然游離的語氣很平淡，但是他捏住克里斯生殖器的力量卻越來越大，克里斯在痛苦和愉悅之間拉鋸，他的嘴唇顫抖，卻沒有發出任何聲音。

拜託，拜託。

但是游離卻絲毫不打算鬆手。

「我之前一直覺得舒緩課程很不舒服，從來沒有體驗過這種感覺。」

克里斯放棄堅持，他看著地板說道，游離低頭看著克里斯通紅的脖子，游離知道克里斯沒有騙人。

但游離還是無法相信走進羅森豪爾地盤生活的克里斯，游離甚至認為把一家海產店交給貓咪看管還比較值得信賴。

「所以你是因為我才勃起的嗎？」

克里斯緊閉雙唇沒有回答游離的話，雖然游離說得也沒有錯，但是克里斯卻無法承認。

游離的手解開了克里斯的褲子，一個鼓鼓的東西露了出來，像是要撐破內褲的布料一樣。

「拜託你不要。」

克里斯搖了搖頭，但是游離卻繼續地脫下克里斯的內褲，內褲一被拉下來，克里斯的生殖器就立刻彈了出來。

克里斯的生殖器因為勃起而變得通紅，生殖器的大小和形狀也都非同小可。

克里斯閉上雙眼，覺得自己快要崩潰了。這時候他感覺到一股硬挺的皮革感包覆住自己的生殖器，克里斯的生殖器感到一陣疼痛感、壓迫感以及愉悅感。

克里斯不自覺地縮起身子，雖然游離戴著手套，但是游離握著克里斯的生殖器晃動還是讓克里斯感到背脊發涼。

「呃！」

游離的動作非常粗暴，克里斯認為自己打手槍還比較好一點。游離沒有控制施壓的力道，甚至更強力地握緊它，游離的手勁比克里斯想像中還要大很多。

游離的身材雖然很纖細，但他平常需要搬運許多沉重的書本，肌力和握力都非常強大。

當游離用力握住克里斯的敏感部位時，克里斯覺得自己快要被擠爆了。游離的皮手套觸感更是和手部肌膚不一樣，就算手上長著老繭，但皮手套的觸感還是比皮膚更堅硬。

「哼，啊！」

如果生殖器的尖端流出的液體沒有浸溼游離的手套，那克里斯應該會感到更痛苦。隨著液體沾到皮手套上，觸感變得比較滑順。

克里斯張大嘴巴，他看著游離的臉卻猜不到對方在想什麼，而游離只是面無表情地移動自己的手。

游離似乎不喜歡這種放蕩的動作，他只是義務性地用手幫克里斯，從游離臉上甚至都找不到虐待狂會有的愉悅表情。

到底為什麼會這樣？

克里斯的呼吸越來越混亂，雖然克里斯被侵犯，卻感到很享受，這讓克里斯覺得非常羞恥。游離的臉非常靠近克里斯，再加上現在的感官比平常更敏感，就連游離的呼吸也會刺激到克里斯的性快感。

克里斯就連在夢中也不想面對這種情況。甚至在他自慰時想到游離的臉，都覺得自己在犯罪，感到非常羞愧。

而現在的感覺卻比幻想時還要更強烈。

「住、住手……」

克里斯用肩膀推開游離按壓自己龜頭的手臂，並喃喃地說道。儘管克里斯認為主動去碰觸游離是很可怕的事情，但他也沒有別的辦法。

克里斯覺得自己快要射精了，可能會射向游離的臉上、衣服上、或是手套上。

雖然克里斯不在乎自己被鄙視，但是他卻很害怕游離覺得不舒服，因為游離不喜歡碰到別人。

儘管游離可以洗淨自己碰觸到別人的部位，但在那一瞬間應該會感到很不舒服。

「你發出的聲音這麼愉悅，但是卻說你不想要？」

游離這樣問著克里斯，手依然繼續施壓，克里斯發出「呃」的一聲，倒吸了一口涼氣。

「你還是不會說謊。」

游離的手圍成一個圓形握住克里斯的生殖器上下移動，速度越快溼黏的聲音就越大聲，雖然克里斯是坐著，但還是忍不住蜷起身體。

愉悅快感從克里斯腰背升起，這和克里斯自己摩擦大腿和用手肘壓在生殖器的疼痛感完全不一樣。

游離的動作非常生硬，但是克里斯還是很有感覺，這讓克里斯覺得自己應該是瘋了。克里斯認為如果游離把手套脫掉用肌膚碰到自己的話，應該會馬上射精。

克里斯第一次這麼缺乏耐心，他覺得自己快要崩潰了。克里斯非常努力地克制自己，不然他真的很想抓著游離，拜託他再粗暴一點。

「啊……！」

游離慢條斯理地看著克里斯這副愚蠢的樣子。

走在路上總是會吸引無數女人視線的克里斯，現在卻被綁在椅子上動彈不得。克里斯的襯衫釦子雖然整齊得扣到領口處，但是他卻興奮地喘著粗重的氣息，急促的呼吸讓克里斯的胸膛看起來特別厚實，似乎雙手都無法環抱住。

緊緊綑綁的繩子下露出的手臂肌肉非常具有威脅性，如果游離不是舒緩者，他應該會用其他方式來拘禁克里斯。

克里斯除了一滴眼淚以外，沒有再讓自己掉淚，他固執地迴避游離的眼神。

游離一度覺得克里斯理所當然會存在於自己的生活中，就算自己不理會克里斯，他也會是一條忠於自己的獵犬。

這條獵犬知道自己的主人有多討厭異能者，所以總是安靜地待在旁邊，就像游離的影子一樣，總是為了游離而活。

『他就這樣安靜地過生活，然後一個人孤單地死去。』

其實游離不是一個好的主人，所以他才會失去克里斯．丹尼爾。

游離認為丹尼爾到死都會待在自己身邊，就算是臨死之前應該也會爬回來死在自己的眼前。

但是事情卻偏離了游離的想法。

游離非常想要知道克里斯為什麼違背了對自己的承諾，克里斯為什麼會留下游離一個人獨自離開。

以前游離會進行完舒緩課程就離開，但是他今天卻留在這裡幫克里斯解決欲望。

游離要找出克里斯的底線和他這麼做的原因，然後再把他綁在自己身邊。

『你做每件事情的原因都必須是為了我才行。』

游離認為克里斯對自己是盲目忠誠，絕對不會背叛自己，想到這裡游離不禁恥笑自己的傲慢，搞不好自己在不知不覺間早就被克里斯給騙了。

「哈啊！」

游離加重力道，克里斯發出了粗重的呻吟聲，低沉的聲音帶著前所未有的恐懼感，游離低頭看了看衣冠不整的克里斯。

這時硬挺的生殖器前端射出了精液。游離邊擦拭噴到手套、衣服、和臉上的精液，邊低聲說道。

「髒死了。」

儘管克里斯身體癱軟，但是他還是清楚聽到游離說的話，便默默地轉過頭。充滿愉悅的蔚藍眼睛雖然有點卑微，但是克里斯泛紅的臉頰帶給游離不同的感覺。

游離看到這幕也有點激動，但同時也充滿了輕蔑和憤怒。

異能者都像一條猛獸，不管是遇到什麼舒緩者，都會開心地撲上去。

雖然極光把異能者包裝成這個時代的救世主，但是游離卻非常清楚他們的本質。

克里斯也不例外，但游離還是選中了克里斯。

「要、要擦乾淨。」

克里斯不由自主地想站起來，椅子開始晃動，結果反而把精液都弄到游離的手上，克里斯看到游離充滿輕蔑的眼光，頓時覺得非常痛苦。

哪怕游離帶給自己的刺激強烈到無法忍受，哪怕自己把嘴唇咬到破皮，克里斯都覺得自己應該再忍耐一下。

接收到游離充滿厭惡的眼神真的是一件很痛苦的事情。

哐噹一聲，克里斯的視線變得模糊。

『咦……？』

克里斯看到月色下的游離，皎潔的月光照射下來，那名美艷的男子正拿著槍放入自己的口中。

「原來你是異能者？」

克里斯不記得什麼時候發生過這件事，但是他的喉嚨卻傳來劇烈的疼痛。在這漫長的一瞬間，克里斯其實可以逃走，但他卻連反擊都來不及，只能緩緩地倒下等待死亡降臨。

蜷曲著身體的克里斯背部微微地在顫抖，他看到游離脫下的手套掉在自己腳邊，沾著白色精液的黑色皮革手套看起來非常的不協調。

「我會再過來的。」

游離的聲音非常平靜，彷彿從未表現出輕蔑的感覺。

克里斯終於放下心，他聽著游離漸漸遠去的腳步聲，慢慢地閉上眼睛。

☆☆☆

「這次輪到克里斯了嗎？」

陽特沉著臉喃喃自語道，聚在一起的老鴰隊隊員杰伊、斯基勒、費德里克還有亞米德的表情也非常沉重。

除了目前失蹤的阿帕爾納、吉利恩、克里斯還有潛入就業中心進行任務的安德蕾雅之外，所有老鴰隊的隊員都聚集在一起了。

得知克里斯失蹤以後，陽特就把分散在十一月大洲各處進行調查的隊員集合起來。

剛開始陽特不認為克里斯失蹤了，以為克里斯只是為了暗中調查毒販的行蹤才會暫時失聯。如果主動聯絡克里斯讓對方發現隊員的手機，反而會造成不必要的危險。

但是現在情況不同了，克里斯的手機被人送到十一月大洲的極光分部。

陽特立刻派出擁有變身能力的杰伊，杰伊在前往八區的路途中變換了許多次外貌，也變身為克里斯的鄰居去調查，最後在克里斯的家中發現乾涸的血跡。

可是卻沒有找到屍體。

看來克里斯在遇到危險的時候曾經求助，但最後還是被抓走了。

「克里斯說他在家裡發現竊聽器的時候，我就應該馬上讓他換一個住所。」

但是現在後悔也沒有用。

十一月大洲是黑手黨的地盤，他們必須非常小心謹慎地行動，可是不冒點風險就很難獲取有利的消息。

會安裝竊聽器通常是為了監視對方，克里斯非常確定敵人沒有注意到自己已經發現竊聽器，計劃反向利用竊聽器來引誘敵人。

陽特相信克里斯的判斷，答應讓他引誘敵人，沒想到卻失去了一名前途無量的隊員。

目前克里斯家中的竊聽器都抓不到訊號，應該是為了防止反向追蹤。

「我們是不是應該先暫停任務回到總部比較好？」

杰伊小心翼翼地開口，雖然他的能力可以隨意變換外貌，非常適合進行潛伏任務也非常會隨機應變，但是只要一遇到危險的情況，杰伊往往會選擇逃避。

雖然他是老鴰隊中最不需要面對面戰鬥的隊員，但他可能是被隊員相繼失蹤的情形嚇壞了。

陽特沉著臉看著杰伊。

「你說的也有道理，已經有三名隊員失蹤了，但是我必須對克里斯負責。」

陽特堅持要救出隊員這段話讓在場的異能者臉上閃過一絲希望和安心，也增加了對陽特的信任。因為他們知道如果自己也失蹤了，陽特是不會輕易地放棄尋找自己的。

「誰要去追查他的下落呢？」

亞米德的問題讓陽特沉默了一下，現在有兩個地方需要調查。

第一個地方是他被綁架的起始點，也就是四區的毒販、另一個則是克里斯在八區的住處。

「四區就交給我和斯基勒，安德蕾雅現在不方便出面調查，所以費德里克你和亞米德就留在這裡等待。」

這是為了以防萬一，老鴰隊已經失去三名隊員了，減少調動也是正常的。

接著陽特轉頭看向杰伊。

「杰伊，我希望你可以去調查克里斯在八區的住處。」

雖然杰伊露出不情願的表情，但是目前也只有杰伊能勝任這份工作。因為綁架克里斯的人可能也會為了尋找極光派來的其他隊員，而在附近監視。

如果不派出可以變化外貌的杰伊，那一定會被他們抓到。

「……是。」

杰伊也深知這一點，雖然有點不情願但他還是點了點頭。雖然杰伊可以隨意變換外貌，但沒有人會喜歡出入危險地帶，尤其他還是一名把自己的安全看得非常重要的人。但是杰伊的專長就是善於脫身，所以他也沒辦法拒絕上司的命令。

「亞米德和基斯勒，你們兩個去進行舒緩課程。」

陽特拿出手機安排好舒緩課程的行程，對他們兩個說道，亞米德先從位置上站了起來。基斯勒等待舒緩課程的時候，杰伊和費德里克就先離開去休息了。

陽特還留在位置上，他按著手機陷入了沉思。

『真糟糕。』

克里斯失蹤的消息比吉利恩和阿帕爾納失蹤的消息更衝擊陽特。其實陽特覺得讓一名新人加入老鴰隊，甚至派遣到十一月大洲是一件不可思議的事情。雖然說克里斯實習的表現傑出，但畢竟這次是他第一次參與正式的任務，更何況克里斯的記憶還不太穩定。

陽特是一名身經百戰的老手，他完全沒有打算將這個新人帶到黑手黨地盤的冬季大洲。但是上級卻下命令要陽特把克里斯加入老鴰隊並參與這次的任務。

雖然陽特完全無法理解上級的想法，但是他還是遵從了命令。這段時間克里斯也把分內的事情做得非常好，前陣子陽特甚至還非常佩服上級的眼光，認為上級大膽地重用像克里斯這種具有特殊情況的隊員真的很了不起。

但是克里斯還是遭遇危險了。

陽特完全不奢望克里斯可以平安回來，因為這裡是惡名昭彰的游離・索伯烈夫的地盤。

『羅傑豪爾心裡應該很不好受，因為他親自外派的隊員失蹤了。』

陽特心裡真的很難過，一方面是因為一名前途無量的隊員就這樣丟了性命，另一方面是覺得身為異能者聯盟精神領袖的羅傑豪爾一定會很自責自己害死了一名年輕有為的隊員。

『克里斯，你一定要活著回來。』

一名年輕人，尤其以是一名失去記憶的年輕人來說，克里斯的處事非常穩重而且反應很快又精明。

陽特非常希望克里斯這個特質可以讓他這次安然度過危機。

「我去接受舒緩課程。」

斯基勒收到指令後從位置上站了起來，陽特隨意地對她點了點頭。

斯基勒大步地走到進行舒緩課程的房間，雖然她天生看不見，但是她到這裡的第一天就把這裡的格局輸進手機裡，只要她太靠近牆壁手機就會震動。

再加上斯基勒是感官非常敏銳的異能者，所以也從中受益匪淺，雖然她無法辨識遠處的物品，但是可以感受到眼前的障礙物並避開那些物品。

當然這也是斯基勒辛苦努力得來的成果。

斯基勒走到進行舒緩課程的房間前面，掃描身分後進入了房間，頓時感受到一股像棉花糖般甜甜的香味。可能是因為盧卡剛幫亞米德進行完舒緩課程，所以四周似乎還留有亞米德的味道。斯基勒的感官比其他異能者都還要敏銳，她經常可以在進行舒緩課程的地方感受到一些特有的氣味。

「您好。」

斯基勒打過招呼後就坐了下來，盧卡沒有特地起身幫她拉開椅子，前幾次見面的時候盧卡已經充分了解斯基勒的性格。

「我要開始進行舒緩課程了。」

盧卡的聲音中流露出疲勞感，應該是因為接連的舒緩課程消耗了許多盧卡的精力，這也是大家不喜歡最後接受舒緩課程的原因。可能是因為舒緩者一直以來都被隔絕在刻苦的環境之外，所以舒緩者大多身體都比較虛弱，也缺乏耐心。

斯基勒心中的惋惜感在感受到盧卡手上傳送來的甜美滋味後就逐漸散去了。她現在的感覺就像是躺在跳跳床上，旁邊還有小兔子在蹦蹦跳跳。斯基勒體內緊繃的神經被溫柔包覆住，僵硬的身軀也漸漸放鬆下來。

『啊！』

終於得救了。

斯基勒感覺甜甜的香氣越來越濃郁，她漸漸沉浸在這種安逸的幸福感之中。雖然舒緩者的等級比較低，但是他們的適合率卻算高，所以斯基勒很滿意盧卡的舒緩課程。

預先設定好的計時器響了，表示五分鐘後舒緩課程就要結束了，斯基勒不禁感到有點遺憾。她檢視著自己的能量是否已經穩定，這時眼前的舒緩者突然開口了。

「那位異能者最近不用接受舒緩課程嗎？我是說克里斯。」

「啊，克里斯嗎……」

突然感到有點尷尬的斯基勒語氣變得吞吞吐吐，察覺到異樣的盧卡臉色變得有點凝重。

斯基勒感覺到舒緩能量的波動，她嘆了一口氣，雖然她看不到盧卡的臉，但是卻能從相握的手上感覺得到盧卡現在非常緊張。

「我、我不是想要探聽你們的任務，只是我最後一次見到克里斯的時候，他的能量非常不穩定，我覺得他應該很快又需要進行舒緩課程，卻一直沒有他的消息……」

盧卡開始說明情況。

舒緩者總是比較晚才會接收到外部的資訊，其實根本沒有人會懷疑舒緩者，因為舒緩者生活中受到的監控比進出內部建築物的異能者還要嚴謹。他們根本沒有機會跟黑手黨聯手，也無法洩漏內部的資訊。

斯基勒只是在擔心說出實情會不會影響到舒緩者本來就非常脆弱的內心。

斯基勒猶豫了一下還是開口了。

「克里斯失蹤了。」

聽到這句話的盧卡臉色變得非常蒼白。

07 Chapter seven

沒有色彩的男子

S e l f - D e s t r u c t i v e l o v e

逃走吧！

克里斯下定決心，他必須要逃離這裡。

克里斯的視線快速掃過繩子，雖然繩子牢牢地綁了好幾圈，但也不是完全不可能解開。儘管施力不當可能會折斷自己的手臂，但是現在也該冒險一下了，不斷地猶豫不決只會造成失敗。

促使克里斯想要儘快逃離這裡的原因不是別的，正是因為游離的舒緩課程。

克里斯覺得自己會上癮。

游離每次進來在克里斯體內注入舒緩能量的時候，克里斯都會感到非常驚奇。

克里斯從來沒有接受過這種舒緩課程，通常在極光接受的舒緩課程都是舒緩者在限定的時間內傳遞完能量就結束。

克里斯在接收游離的舒緩課程前，他從來不知道自己可以接收這麼多的舒緩能量。那種舒緩能量源源不絕的感覺就像是想要用水填滿一個無底洞的感覺，讓克里斯陶醉在一種無止盡的快感中。

而且每一次的舒緩課程所帶來的快感都在馴服克里斯。一開始克里斯還有很多想法和擔憂，但是現在他的大腦越來越沉浸於舒緩課程中。克里斯變得無法深入思考，他內心想要留在這裡的欲望越來越強烈。

克里斯接受越多次舒緩課程，他想要逃脫的欲望就越來越低，他現在似乎知道游離口中的「狗鍊」是什麼意思了。

游離真的很可怕。

因為游離會讓異能者無法再接收其他的人舒緩課程。

克里斯必須要在自己被馴服之前趕快逃走。

克里斯將雙手往前伸，他很慶幸自己的手沒有被綁在椅子上，可惜他現在穿的鞋子沒有鞋帶無法磨斷繩子。

克里斯低下頭用牙齒咬著繩子，把它拉得更緊，原本就綁得非常緊實的繩子現在更是快要嵌進皮膚裡。

克里斯重複了幾次同樣的動作後，他那雙藍色眼睛突然變得銳利。

『我必須一次成功。』

如果克里斯在這個過程中猶豫或是施力太弱，那只會讓自己受傷，這種情況在逃跑的過程中是非常危險的。

克里斯來回擺動手臂模擬了幾次以後，他將雙手高舉，手臂的肌肉變得緊實，襯衫的布料也繃得非常緊。

克里斯把手臂伸到適當的高度後，一鼓作氣地往自己肚子的方向用力，啪！的一聲綁在克里斯手腕上的繩子應聲而斷。

「呼……」

克里斯掙脫了這個他以為自己沒辦法逃脫的束縛後，他開始檢查自己的手腕，雖然手腕有點發麻，卻沒有太大的疼痛感。手腕上有一些痕跡，但幸好沒有骨折或是擦傷。

克里斯揉了揉重獲自由的雙手，解開被綁在椅腳上的繩子後站起身來。

克里斯整理了一下凌亂的衣服，朝著大門的反方向移動，因為克里斯剛剛從那裡聽到了類似風的聲音。

克里斯聽到的風聲是一個老舊的通風口，通風口裝在很高的位置，不過踩著椅子應該可以爬得上去。

問題是克里斯不知道通風口會通往什麼地方，以及通風口是鐵製的，逃脫的時候可能會發生聲響。

『如果途中有其他出口可以逃脫那就太好了。』

克里斯非常慶幸自己現在的身體非常輕盈，自從來到十一月大洲後，不、是自從在六月大洲甦醒之後，克里斯第一次覺得自己的身體如此輕盈。

正當克里斯打算搬椅子的時候，他發現椅子是釘在地板上的。可能就是因為這樣，當游離靠近克里斯，克里斯往後縮的時候椅子才沒有翻倒。克里斯微微地皺了一下眉頭，試圖搬動椅子。

哐啷。

『咦？』

可能是因為克里斯在椅子上掙扎過好幾次，也可能是他現在的身體狀況比平常好很多的關係，椅子的螺絲很快就鬆動了。克里斯慢慢地把椅子拉起來，踩著椅子打開了通風口的門。

克里斯的視線看向了那道關起來的大門，但是踩著椅子雙手吊在通風口的克里斯臉上卻沒有半點猶豫。

克里斯光靠手臂的力量就把自己拉上去，然後開始在黑暗的通風口中緩慢地爬行。克里斯的皮膚感受到冰涼的金屬感和厚厚的灰塵，他屏住呼吸往出口處爬過去。

他為了不要發出聲音而避免腿部出力，讓膝蓋有點痛。如果出力的時候不小心發出聲音，回音就會沿著通風口傳到很遠的地方。游離不可能把克里斯關在一個隨便的地方，所以這棟建築物裡可能還有其他的異能者。

要是被其他異能者抓到事情就會變得很棘手，因為要騙過異能者的感官幾乎是不可能的事情。如果這棟建築物的其他異能者有克里斯一半的能力，那他們就可以藉由細微的呼吸聲追蹤到克里斯。

『我必須要快點逃到人潮聚集的地方。』

游離為了把丹尼爾留在自己身邊不知道會不會做出什麼瘋狂的事情，不過從上次的經驗看來，游離的原則就是不會在人多的地方惹事生非。如果是游離本人出動可能會不一樣，但是他的手下並不會違背游離所訂下的規矩。

克里斯繼續往傳出風聲的地方前進。

但是克里斯在經過第一個分岔口的時候，卻不得不停下來，因為離外部最近的通風口非常的狹窄，克里斯根本爬不過去。

嚴格說來，克里斯能選擇的方向根本已經被決定好了。

屏住呼吸的克里斯小心翼翼地沿著通風口繼續爬行。這是一條最寬的通風口，應該是貫穿了整棟建築物，克里斯一邊觀察著有人氣的地方一邊探索著路線。

身體穿過通風口的感覺其實不太舒服，再加上克里斯每分每秒都處於很緊繃的狀態，如果游離打算來幫克里斯進行舒緩課程的時候發現克里斯不見了，一定會追上來的。

這時克里斯找到一條有點窄，但似乎可以勉強通過的路線，他低頭看了看下方。下方的地板鋪著大理石，看起來應該是一間廁所，雖然有一點水垢，但應該是經常有人在打掃。

克里斯打開通風口跳到廁所裡，廁所有一扇對外的窗戶，克里斯就是看到窗戶才跳下來的。

『可惡。』

克里斯正打算打開窗戶，就感覺到廁所外有動靜。他趕緊走進隔間並把門關上，然後聽到有個人自言自語地走了進來。

「冷死我了，我的尿都要結冰了。」

只有單獨一個人。

『他是異能者嗎？』克里斯邊思考著邊捲起了袖子，克里斯沖了一下馬桶走到外面，看到一個男子站在小便池前拉著褲子。

就在這時，克里斯快速地抓住男子的後腦勺，把男子的額頭狠狠地砸向陶瓷便池的上方。一聲悶響後，一時的疼痛讓男子根本沒機會反抗，連叫都沒叫出聲男子就被克里斯掐住脖子，缺氧的男子馬上就昏了過去。

克里斯拉著昏厥的男子進到隔間內，雖然可以置之不理，但是克里斯擔心被別人發現會引起不必要的麻煩。克里斯現在需要那名男子的衣服，因為在這種天氣裡只穿著一件襯衫走來走去是一件很奇怪的事情。

克里斯將男子靠在馬桶上，把男子剛才來不及穿上的褲子拉至腳踝處，然後再將男子的外套披在自己身上。

克里斯感覺到外套口袋裡有東西，拿出來一看是一張有芯片的識別證。

『我運氣還真好。』

克里斯只是想要偽裝證據，結果卻得到一張有利於逃脫的識別證。

最後克里斯確認了一下男子是否還有呼吸，然後將掛在識別證上的鏈子掛在門鎖上，走到門外再用力拉住鍊子。

克里斯運氣很好地成功鎖上了門，現在從外面是打不開門的。趁著別人進入廁所之前，克里斯打開窗戶翻身到廁所外面。

幸好這裡只有一層樓的高度，完全不需要用到華麗的落地術，克里斯落地後環顧了一下四周環境。

克里斯看到了一排很眼熟的鐵絲網，他一看就知道這是哪裡。

『十三區的廢工廠地區。』

這一切剛好跟寬敞的通風口還有空蕩蕩的倉庫不謀而合。

克里斯曾經化身為野狼觀察過四周的環境，他當時有記住車輛來往的道路和人們行走的路線。

克里斯必須從身旁的景色判斷自己身處的位置和前進的方向，像一個熟知這裡的人一樣走動。在這種情況下，克里斯必須要非常冷靜。

幸好十一月大洲上有很多跟克里斯一樣髮色很淺的人，讓他默默地混進了人群之中。

轉眼間出口就在眼前了。

克里斯為了不要讓自己太顯眼，他先默默地觀察了警衛，果然和設想的一樣，他們很仔細地盤查進來的人，卻沒有很在意要走出去的人。

克里斯前面的人拿著一張和他手上差不多的識別證靠著出口的機器。

如果克里斯沒有拿走這件外套，那他要離開這裡就變成很棘手的問題。

很快地就輪到克里斯了，他神色自然地拿著識別證靠近出口。

在這短短的幾秒鐘，克里斯也想好了如果失敗那下一步該怎麼做。他會先朝著警衛衝過去，並確認警衛持有什麼武器。如果克里斯可以打倒警衛，就搶走其他人手中的識別證，快速離開這裡並混入人群中。

克里斯非常幸運，因為他知道從這個出口出去往哪個方向人潮會很多，所以他可以先預設好離開的方向。

從機器發出感應識別證的聲音響起，到門打開為止克里斯的身體都很緊繃。與其說克里斯是害怕，不如是說他是為了遇到突發狀況時可以馬上做出對應。

「愛德嘉，請慢走。」

大門很順利地打開了，克里斯突然覺得自己白白地想了這麼多退路。克里斯繼續前進，他猜想現在身後也許還有五六條狗盯著自己，克里斯故作輕鬆地邁開大步。

如果克里斯在廢棄工廠區，也就是游離的地盤上出現奇怪的舉動，他就沒辦法順利地走到大馬路上。克里斯認為在自己順利地回到極光分部前都不算真正的逃脫成功，他現在只是踏出成功的第一步而已。

克里斯這次無法再變異為野獸沿著山路移動，但是一路上又難保不會被人跟蹤，況且克里斯現在身上既沒錢也沒有手機。

但是他並沒有放棄，只要有一點希望，就一定找得到方法。

克里斯的腳步雖然緩慢，但是卻沒有半點猶豫，不知不覺間已經來到十三區最繁華的街道。這裡離車站很近，有許多店家和酒吧。

可能是時間的關係，現在路上的人非常多，雖然不像四區的人口這麼密集，但是也可以順利混入人群之中。

克里斯大步往前走，在經過一對情侶身邊的同時，他的手動了一下。雖然對方沒有任何感覺，但此時克里斯的食指和中指之間卻夾著一個正方形的皮夾。

扒竊不是在極光中學到的技術，而是克里斯身體自然而然的反應。

對方完全沒有想到跟克里斯擦身而過的瞬間皮夾就不見了，那個人邊跟自己的女朋友說話邊往前走。通常皮夾裡都會有身分證，克里斯打算回到極光後再好好賠償這名男子。

『希望他只是以為自己忘記帶皮夾，而不要引起太大的騷動。』

雖然克里斯現在是身不由己，但他還是覺得偷竊不是什麼好事，克里斯苦笑了一下繼續往前走。

剛逃出來沒多久就解決了金錢的問題，克里斯的腳步變得輕快許多。

『先搭電車到七區，然後買一件新的衣服，再走到六區……』

克里斯在規劃路線的同時雙眼也不停地在環顧四周。如果要問說逃脫的過程中何時最危險，那應該就是現在。

這裡不僅距離敵人非常近，而且克里斯剛剛逃脫出來，現在正是最容易鬆懈的時候。

克里斯克制住自己緊張的情緒，混入了人群。

☆☆☆

游離拿起雪茄刀剪掉手中雪茄的尖端，接著他點燃一根火柴，小心翼翼點著剩下的半隻雪茄。

不知道是因為游離的動作非常小心謹慎，還是因為他的表情非常認真，這一連串的動作看起來非常像是一種儀式。

突然有人在敲門，緊湊的敲門聲讓游離可以猜到對方是誰，他開口說道。

「進來吧！」

走進來的正是電力系異能者蔡斯．達頓，他抱著一大疊文件，熟練地在桌子上整理文件。

游離看著這一切，把手中開始燃燒的雪茄叼在嘴裡，游離深吸一口，濃濃的香味就在口中蔓延開來，渾厚的口感環繞在舌尖。

「東邊有刺鼻的舒緩能量氣息，看來您把他調教得非常好。」

蔡斯搖搖頭說道，再這樣下去丹尼爾應該會變成您的囊中物。雖然他們的老闆也是舒緩者，但是老闆很多方面都跟一般人不太一樣。蔡斯是認識游離後才知道原來舒緩課程可以成為一種拷問別人的工具。

「我必須要讓他不想再離開這裡。」

游離吐出雪茄的濃煙若無其事地回答道。游離要照顧一隻離家出走又發情的狗，其實也感到有點疲倦，但是游離很清楚自己目前還沒有足夠牽制克里斯的方法。

在游離握住克里斯生殖器的那一刻，克里斯毫不掩飾的驚訝感讓游離覺得津津有味。

「一般的異能者大部分腳被抓住就可以射精，或是崩潰發瘋。」

雖然大家都以為舒緩課程永遠不嫌多，但是事實上卻不是那樣。身為游離組織「白夜」

中的幹部，蔡斯是少數知道這個祕密的人。

「所以我才要嚴格管制人員出入，因為我正在馴服一隻猛犬。」

游離把頭轉向雪茄盒的方向說道。

黑色大理石雕刻而成的雪茄盒露出黑沉沉的光澤，游離一放下雪茄，蔡斯馬上就從櫃子裡拿出一杯白蘭地。蔡斯迅速地幫游離找出了他平常搭配雪茄的喜好。

游離完全不用自己動手，就有人奉上完美組合。游離舉起了酒杯，蔡斯拿起瓶子傾斜瓶身，杯子裡立刻倒滿了琥珀色的液體。

蔡斯雖然有點輕浮，但是他反應很快也很忠心，因此讓他備受重用。蔡斯一直忠誠地侍奉游離，從來沒有二心，所以他也是游離少數信任的部下之一。

游離才剛剛把杯子端到唇邊，蔡斯便轉過頭去。異能者異於常人的感官讓蔡斯感覺到有人靠近這裡，接著門外便傳來了敲門聲。在這個由一群急躁的人所組成的組織中，會這麼穩重敲門的只有一個人。

「羅建，進來吧！」

門一打開，門口就出現一名黑色頭髮的男子。這名男子的體格非常壯碩，會帶給人一股壓迫感，因為髮色的關係羅建也常常充當游離的替身。

「出事了。」

「你說。」

「被扣押的俘虜逃走了。」

游離的手頓時停下動作。

「他扯斷繩子脫逃了，應該是沿著通風口逃走的。」

游離用裝有琥珀色液體的杯子輕輕沾了一下嘴唇，低聲說道。

「沒想到這隻畜生會去鑽老鼠洞……」

游離嘖了一聲，想到克里斯爬過髒兮兮的通風口，游離就覺得非常不開心。

如果克里斯乖乖待著，過不了多久游離就會把克里斯放出來的。游離不想要把自己和克里斯一起關在那個暗暗的房間，他只是想讓克里斯恢復原本的樣子。

「追蹤結果呢？」

「監視器沒有拍到克里斯的身影，所以他應該是從洗手間逃脫的。我們順著通風口的路線檢查了四周的洗手間，發現其中一間裡關著一名昏厥的成員。那名成員的外套和身分證都被偷走了，紀錄顯示他三十分鐘前剛從大門離開。」

游離覺得克里斯真會抓準時機逃跑，因為游離幫克里斯輸入了許多舒緩能量，所以他特別交代屬下不要太常去監視克里斯。游離有點潔癖，他不想要自己的狗一直出現在大眾的視線中。

尤其是那條狗在發情的樣子……

「……我還以為他會乖乖待著。」

雖然這句話是游離自己說出口的，但是游離也覺得自己這個想法很愚蠢。就算克里斯真的是克里斯・丹尼爾，他也沒有任何記憶，人類在莫名其妙被抓走限制行動的話，本來就會選擇逃跑。

現在的丹尼爾並沒有照著游離的意思行動，不過就算是以前的丹尼爾也是脫離正軌突然消失不見了。

在這種情況下游離還指望克里斯會老實地受自己掌控，實在是太可笑了。

游離對克里斯還是太過掉以輕心。

「要我去把他抓回來嗎？」

蔡斯問道。

「不用。」

游離看都沒看蔡斯一眼，自顧自地剪掉雪茄的前端然後回答蔡斯。

游離本來打算在下一次舒緩課程前慢慢地抽這支雪茄的，但是現在克里斯都在呼喚自己了，他能不自己走一趟嗎？

「我自己去抓。」

距離電車站只剩下最後一個路口了，到目前為止似乎還沒有人在跟蹤克里斯。克里斯順著人潮加快了腳步，反正這附近的人都會為了趕電車而加快腳步，克里斯的行為看起來也不會特別顯眼。

☆☆☆

現在克里斯的逃脫過程可以說是坐上一艘順航的輪船，但是他卻覺得非常難受，很像胸前壓著一塊大石一樣。

克里斯努力克制想要回頭的衝動，雖然游離是用一條看不見的狗鍊拴住克里斯，但克里斯也擺脫不掉那條狗鍊。游離的舒緩課程和奔馳於自己全身的快感都讓克里斯感到猶豫不決。

如果不是克里斯內心堅定不移地想要回到極光，他極有可能就會留在那裡了。不，說不定克里斯還會自己走到廢棄工廠區的入口乞求游離帶他回去。

克里斯一想到游離的舒緩課程，他就覺得自己可以親吻游離的腳背，光是想到當時的情況，就讓克里斯出一身冷汗。

羞恥心和屈辱感、羞愧和快樂、以及愉悅所帶來的歡愉感……

克里斯的各種情緒都達到臨界點，那種不斷重複的感覺是很難忘懷的。

克里斯嘆了一口氣然後繼續前進。

電車站就在眼前了。

只要再往前幾步就可以搭上車了，克里斯之所以感到非常焦躁不安是因為他現在身處於十一月大洲。既然游離・索伯烈夫認為自己和丹尼爾是同一個人，那克里斯就必須要盡快離開冬季大洲才是明智之舉。

克里斯突然覺得四周的喧鬧聲消失了，就算是因為克里斯充分地接受到舒緩課程讓自己的感官趨於平靜，但是比一般人更加敏銳的感官為什麼會突然變得不靈敏了？

克里斯腳步變得跌跌撞撞，有一股無形的力量正朝這個空間湧上來。彷彿有種力量壓制在克里斯所在的街道上，那股力量就像雪崩一樣壓著克里斯的肩膀，讓他的腳踝動彈不得。

這就像是有一個巨人踩在自己身上一樣，非常難以形容。

克里斯喘著氣環顧四周。

那些匆匆忙忙從克里斯身邊經過的人像是夾雜著干擾訊號，看起來就像一團團顏色不明的物體。

『其他人都沒有感受到這股壓力嗎？』

有些路人因為克里斯擋在路中間而感到不悅，撞開克里斯的身體走過去，但是卻沒有人像克里斯一樣被釘在地板上動彈不得。克里斯想要開口請路人幫忙，但是卻發不出任何聲音。

為什麼沒有人感受到這波氣壓呢?這波氣壓就像是足以把渺小的人類捲走的猛烈巨浪。

『我必須要逃離這裡。』

克里斯的雙腿開始發抖，並感到非常無力。他身體癱軟跪在地上，不知道自己接下來的命運會如何。

「逃脫好玩嗎？」

克里斯突然聽到這句話。

從身後傳來的聲音讓克里斯緩緩地轉過頭，克里斯的身後站著一個人。

一名沒有任何色彩的男子。

游離身穿黑色大衣、戴著黑色皮手套、雙手插在口袋裡，就像克里斯上次在路上看到的游離一樣。他不可能認錯那張會讓人聯想到雪姑娘[2]的美麗臉龐。

克里斯被那雙永遠不可能在寒冬中綻放的紫羅蘭色眼珠給吸引住。

2 雪姑娘（Snegurochka），俄羅斯童話中的人物。

他實在想不通，在五顏六色的行人之中，這名除了紫羅蘭色眼睛之外不帶有其他顏色的男子為什麼會這麼顯眼。

好像這個世界上只剩下他們兩個人一樣。

如果不提游離是出來抓克里斯的，游離看起來腳步非常輕盈就像是一名散步的路人。游離看起來一點都不擔心克里斯會逃跑，就好像只是一名主人出來尋找很久沒有放風而過於興奮的寵物狗一樣。

「你、你是異能者嗎？」

克里斯的身體忍不住發抖，他非常想要大聲呼救，卻發不出任何聲音。

有可能有人是舒緩者又是異能者嗎？

克里斯感到非常困惑，游離在這裡發出的力量只對克里斯有壓迫感，但是游離看起來卻毫不費力。

「這是舒緩課程。」

克里斯正在思考如果這不是念力，那難道是一種重力嗎？但是這句話打斷了克里斯的思緒。

「你是怎麼做到的，那個。」

克里斯睜大雙眼，游離說這是舒緩課程，但是游離雙手戴著手套，而且他沒有碰觸到克里斯。

「怎麼可能，你是怎麼進行無接觸舒緩課程的……」

克里斯不可置信地搖搖頭。

他完全沒有聽過這種事情，沒有任何接觸的情況下傳送舒緩能量是非常浪費的事情。就像是想要把整片海水倒進一個杯子一樣，這不僅僅辦不到，舒緩者也會感到筋疲力盡。

舒緩者和異能者使用能力的原理不一樣，舒緩者是沒有辦法把能量釋放到身體之外的。這點和強化系異能者有點類似，他們的能量只能在自己自身內循環。

這就像是要憑空變出一隻手一樣，如果那股舒緩能量可以改變附近的氣壓，那就等於是變出了幾百隻手同時行動。

克里斯連在異能者之中也沒有看過可以使用這麼強大能量的人。就連內部建築物的守護者亞農也只能控制已經種下去的植物，她的能力只限於掌控發芽的植物。

S級，不、不是的。

這種舒緩者是不能用等級來劃分的。

「你該回去了。」

游離伸出手，克里斯感覺到那隻手勾住自己的脖子，這雙皮手套接觸到皮膚的觸感跟之前讓自己感到非常羞恥的皮手套觸感非常相似，克里斯不禁全身一顫。

「穿上。」

游離把自己的大衣遞給克里斯，克里斯全身僵硬沒有接過大衣，這時耳邊傳來一句悄悄話。

「你的褲子是溼的。」

游離可以無接觸地進行舒緩課程，就代表他也可以無聲無息地讓克里斯勃起。

克里斯咬著牙默默接過游離的大衣。

克里斯披上大衣擋住下半身後，游離便拉著克里斯離開。

雖然游離沒有用力，但是克里斯還是跟在游離後面。克里斯的雙腿本來就像是釘在地上一樣動彈不得，但現在卻可以跟著游離行動，就像是跟著海流飄動的帆船一樣。

這種感覺非常奇怪，明明就是自己的身體，但是卻被別人控制住。

克里斯正在用自己的雙腿走回他極度想要逃離的地方。

游離和克里斯整齊劃一的步伐讓他們看起來不像綁匪和俘虜，而是比較像一對戀人。

克里斯在被帶回去的路途中，一直在觀察游離。

穿著一件單薄襯衫的游離沒有顯露出寒冷的樣子，但是游離露在外面的肌膚有點泛紅，因此可以知道寒風正在吹襲著游離。

嚴密監控的廢棄工廠區完全沒有盤問游離，就放他進去了。克里斯只看到他本來打算襲擊的警衛全身緊繃地向游離敬禮，但是游離絲毫沒有理會那名警衛。

克里斯身不由己地被游離拖著走，但是克里斯的四肢並沒有被束縛住，所以路人們都不覺得克里斯被控制。

克里斯一開始被抓進來的時候完全不懂游離在想什麼，如果是抓普通人就算了，但是抓一個訓練有素的異能者實在是很衝動的事情，因為異能者本身的身體條件比一般人優秀許多。

就算是舒緩者也是一樣，舒緩者擁有的能力是治療異能者，並不是去攻擊或壓制別人。舒緩者和一般人沒有太大的差別，這就是舒緩者很難被發現的原因之一。

克里斯現在知道游離擁有的不是傲慢，而是滿滿的自信。

克里斯也知道沒有任何舒緩者可以像游離使出那種能力，游離不僅可以進行非接觸性的舒緩課程，而且範圍還覆蓋了整個街道。

就算是S級異能者也很難不受游離的影響，因為舒緩課程只會對異能者有影響。

克里斯永遠不會忘記自己周圍空氣壓迫而來的感覺，可能是因為舒緩者意志的關係，那股力量帶給克里斯的不是歡喜，而是壓迫感、無力感，還有恐懼感。

克里斯知道舒緩者可以藉由舒緩能量傳遞自己的心情，但是卻不知道可以施加壓力到其他人身上。

說不定極光放棄十一月大洲的原因之一就是因為游離的舒緩課程，派遣出的異能者部隊都屈服於游離。如果游離的對手是一般人，可能還沒有用，但是對異能者來說，這可以說是最強大的武器。

就算極光找一個普通人來暗殺游離，但游離的身旁也都一直有克里斯·丹尼爾。

『我從來沒有聽總部說過游離·索伯烈夫是舒緩者。』

如果說從來沒有一個異能者活著回來過，那這一切還有可能。但是極光的上級一定知道這件事，這應該是克里斯的身分無法接觸到的機密消息。

因為在十一月大洲被收復前，曾經有像索拉利亞這種要員存在過。

極光始終無法進入十一月大洲，所以克里斯他們這次才會來這裡出任務。

他們來調查游離·索伯烈夫最強大的底牌到底是否還活著。

克里斯突然知道極光策劃這場任務，並不惜派舒緩者一起過來的原因，克里斯跟著游離穿過建築物的走廊。

但是游離帶克里斯到達的地方卻不是之前關著克里斯的倉庫。

游離打開門，進到一間看起來滿乾淨的房間才還克里斯自由。房間裡有床鋪，也有另一扇看起來像是浴室的門。

克里斯知道自己不是受到比較好的待遇，他覺得游離只是想要用其他的方法對待自己。

事情的發展似乎驗證了克里斯的想法，游離的視線突然變得非常銳利，游離推了克里斯讓他坐到了床上。

游離低聲說道。

「我之前對你太寬容了。」

游離沒有在看到克里斯的第一天就把他抓過來審問，已經表示游離非常有耐心了。雖然有一部分原因是游離覺得克里斯是羅森豪爾依照丹尼爾的外貌所創造出的間諜……游離一想到丹尼爾可能已經死了，心情也變得比較低落。

游離親眼看到死在自己手中的狼變成克里斯，然後克里斯又活著出現在自己面前，他感到非常困惑。雖然毀掉克里斯的是游離，但是失去克里斯的也依舊是游離。克里斯並不屬於這世界上的任何一處，他就只是游離的狗。

『但是他活下來了。』

舊時代的所有常識在異能者出現後全部崩盤，現有的理論無法解釋為何會有手指能打出火光以及能夠操控雷電的人。

但是不管是哪一個時代的學者都一樣，總是有人想試圖探索這些不可知的事情。

游離的父母就是那樣的學者，父母從小就教導游離不要特意區分可能和不可能之間的界線。游離從小的反應就很快，可以靈活地對應各種狀況。

儘管如此，偶爾也會發生讓游離嚇傻的事情。

就像這次一樣。

游離本來想靜靜觀察成為極光要員的克里斯到底在搞什麼鬼，但最後還是忍不住把克里斯抓了過來。

也許從那天晚上游離朝野狼口中扣動板機的那一刻開始，他就被一種無法形容的情緒所控制住。

「我真的沒想到一個已經勃起，被我的手一碰到就會發出呻吟的人竟然想要逃跑……」

游離的手按住克里斯的喉結，慢慢地往下移動。游離的手一滑過鈕扣，鈕扣就彈開了。

「我實在很難相信你會掙脫我的狗鍊逃跑，讓我很懷疑你到底是不是丹尼爾。」

意志力是一個很神奇的東西，對異能者來說舒緩課程比舒緩藥物更容易上癮。

自從接受游離的舒緩課程後，克里斯每一個步伐應該都很痛苦，但是克里斯卻還是想要逃跑。游離看到克里斯在沒有外人幫助的情況下自己走進電車站，他不禁覺得非常感嘆。

「不管你想不想得起來，你都是屬於我的。」

游離喃喃自語道，克里斯被游離的自言自語嚇得全身發抖。克里斯從別人身上搶過來的外套被游離脫下，克里斯無法反抗地垂下雙手，衣服掉落到地上。克里斯褲襠已經鼓起來了，他在進到房間之前就已經勃起。

游離看著克里斯緊緊閉著雙眼，雖然克里斯欲火中燒，但是他卻盡力地克制自己的身體。

他完全忘了自己想要什麼以及不想要什麼。

「你到底想要做什麼？」

游離越靠越近，克里斯看著逐漸靠近自己的影子問道。雖然游離不是險惡的罪犯，但是克里斯從游離的身上卻感受到非常大的壓力。其實克里斯現在非常盡力地控制自己，不然他真的非常想要趴在地上求游離讓自己舔他的腳趾。

克里斯從電車站被抓走的時候，他覺得非常害怕。但是進到這個房間以後，全身的欲火只讓克里斯越來越焦躁。

隨著一股重量壓迫到床鋪上，游離的聲音也從耳邊傳來。

「因為我是你的主人，我養的狗發情時我必須要負責照顧他。」

克里斯像是受到某種打擊似的，臉色變得非常蒼白。雖然經過舒緩課程之後克里斯已經習慣游離撫摸自己的生殖器，但是這不代表克里斯不會感到興奮。

游離不在克里斯身邊的時候，克里斯會用力按壓下半身讓自己感受快感，但是每當這時候克里斯就會懷念游離撫摸自己生殖器的情景。

每當克里斯被游離蹂躪的時候，克里斯都不知道要怎麼面對這種羞恥的感覺。

「我可以自己解決，拜託你……呃！」

克里斯苦苦哀求游離，他壓抑的呻吟聲如同啜泣般地從嘴裡傳出來。

「我知道啊，你可以自己解決。」

游離自言自語般地低聲說道，他的眼神就像透明的紫色寶石。看起來好像可以直接透視過去，卻又深邃地讓人無法琢磨。

「就是因為你可以自己解決，所以你才離開我的不是嗎？」

克里斯・丹尼爾自己可以做到的事情比游離想像中還要多，游離一直以為離開自己的克里斯會像離開水的魚一樣活不下去，但是克里斯卻活得很好，還再次出現在自己面前，這讓游離受到很大的衝擊。

克里斯只是因為不滿意其他舒緩者的舒緩課程而讓身體狀況變得不好，但是克里斯・丹尼爾沒有游離・索伯烈夫還是可以活得好好的。

游離無法接受這個事實。

「你該接受舒緩課程了。」

游離眼中的異能者就像是寄生蟲、老鼠或是水蛭般的存在。這就為什麼游離身邊明明有像蔡斯這麼忠誠的下屬，但他還是比較依賴羅建的原因。因為游離的體內已經深深烙印下對異能者的厭惡感。

其實游離也不需要因為自己是個不正常的人類而感到痛苦。

如果游離可以用克里斯的自由交換自己的痛苦，那應該比拿著槍抵住克里斯的腦袋好。

「你寧可死掉也不要留在我的身邊嗎？」

游離脫掉手套捏住克里斯的臉頰，游離想要在做其他事情之前先展現溫情的一面。

游離打算毀掉克里斯，讓克里斯無法自己做任何事情。

「啊……」

克里斯忘記要呼吸，游離觸摸克里斯臉頰的手持續傳來舒緩能量，他的眼眶逐漸溼潤。

克里斯認為盧卡的舒緩課程沒有享受安定甜美，但是游離的舒緩課程非常紮實，是那些廉價的舒緩藥物完全比不上的。

這種感覺已經超過克里斯可以承受的底線了。

克里斯感覺到下腹部一陣緊繃，游離的手正在往下滑動脫掉克里斯的褲子。游離把克里斯的褲子拉到膝蓋的時候，克里斯正沉浸在舒緩能量的快感中。

克里斯裸露的身體就像是戰爭之神一般又強壯又優美，他滿身都是實際戰鬥下練出來的肌肉，光是用看的就會讓人感受到一股壓迫感。克里斯的全身布滿了傷疤，最顯眼的傷疤則是在他左邊胸口上方。

游離用手指頭撫過那道傷疤，一直面無表情的游離臉上似乎出現了一些波動。

「你那個時候真的非常痛苦。」

雖然克里斯整個人沉醉在舒緩課程中，但是他的大腦還是聽懂了游離所說的話，感到有點驚訝。克里斯在六月大洲以及極光中都找不到自己的過往，但是游離現在說話的語氣好像是知道克里斯身上這道傷疤。

「……你知道這道傷疤是怎麼來的嗎？」

「你自己去找回記憶。」

游離無情地回答克里斯。

「反正我跟你說了你也不會相信。」

游離的嘴角微微上揚，用一種看似嘲笑的神情看著克里斯。這時游離的手也觸摸到克里斯的生殖器。

「呃！」

這個感覺似乎比用滾燙的烙鐵烙印在身上還要強烈，游離毫不吝嗇地傳送舒緩能量。重點是這是游離第一次用沒戴手套的手套弄克里斯的生殖器。

克里斯沒想到在舒緩課程房間那種淡泊的接觸，竟然可以轉變成這種性愛的感覺。

克里斯自己也知道逃跑失敗後一定會付出某些代價，但是他卻萬萬沒想到是這種方式。

他覺得自己全身的感官都被扭曲了，骨頭和血肉好像都融化在一起。

「唔、嗯嗯，啊……」

游離的動作從一開始像小朋友玩捏土般揉捏，到現在變成有規律的套弄。游離用手掌握住克里斯的肉棒，並用手指頭挑逗它。

游離的學習能力非常強，他知道要怎麼做克里斯的反應會更強烈，游離也會觀察克里斯的耐力是否已經耗盡。每當游離愛撫克里斯的時候，都會依照自己觀察的結果改變愛撫的方式。

克里斯忍不住蜷曲起身體。

儘管克里斯接受過許多次舒緩課程，但他從來不喜歡舒緩課程的感覺，所以克里斯認為自己不懂得那種快感。但現在克里斯不是從別人口中聽到，而是確確實實感受到屬於自己的快感。游離的舒緩課程彷彿就是為了克里斯所準備的，讓他非常著迷。

「好，呃……好舒服，唔！」

克里斯的嘴裡還是忍不住發出呻吟。克里斯的手沒有被束縛住，他其實可以掐住游離的脖子或是制伏游離，但是克里斯卻選擇撐住自己的身體讓自己不要倒在床上。

游離的衣服很乾淨，沒有絲毫凌亂，襯衫胸前和袖口的鈕扣都扣得非常整齊。除了沒有戴手套的左手以外，克里斯完全看不到游離的肌膚。

相較之下克里斯則是全裸，即使他一開始還殘留了一點危機感，但後來舒緩課程帶來的快感讓克里斯沒有辦法思考其他事情。但是克里斯一想到自己在游離面前顯露出這麼愚蠢的樣子，他就覺得非常羞恥。

「你真的不會輕易射精耶，我的手掌好熱，手臂也好瘦。」

游離的語氣聽起來像是在抱怨，卻也帶著一絲嘲諷，游離這樣說都是為了逼迫克里斯。

「這麼強壯的東西竟然無用武之處，真是太可惜了。」

克里斯用溼漉漉的眼睛看著游離，不懂為什麼游離要感到惋惜，游離似乎是看懂克里斯眼神中的疑惑，輕聲地回答道。

「只要我還活著的一天，你就沒有機會跟別的猛犬交配。」

「啊……嗯……」

游離按住克里斯龜頭的手指微微用力，克里斯的腰部忍不住隨之扭動。克里斯盡可能地蜷曲身體，希望這種感覺不要再蔓延開來，但是這種行為就像遇到天敵的鳥兒只能把頭藏在翅膀裡一樣愚蠢。

不管克里斯怎麼掙扎，他都無法擺脫這種感覺。

克里斯哀求般地看著游離，游離的眼神中沒有絲毫溫度，看起來毫無生氣。游離看著克里斯在自己的懷中崩潰，覺得自己就像是一個小孩抓著一隻蜻蜓，正在一片一片地拔掉蜻蜓的翅膀。

游離的呼吸中帶有雪茄的香氣，還有木頭香味和煙燻櫻桃混在一起的味道。

游離端詳著克里斯的生殖器，移開了按壓在克里斯龜頭上的手指頭，克里斯也不再壓抑想要射精的感覺。

「咳呃！」

克里斯不由自主地握住床單，他的眼前一片模糊，舒緩能量好像滿到了克里斯的脖子。模模糊糊中克里斯看到游離的衣服上沾到了白色的痕跡。

「你結束了嗎？」

游離沒有再碰觸克里斯，他沒有絲毫情緒，面無表情地離開房間。但是每次游離再回來的時候，都會換上一副新手套。

「……髒死了。」

克里斯彷彿聽到了游離嫌棄他的聲音。

雖然游離不想要碰觸克里斯，但是他為了把克里斯綁在身邊，所以只好戲弄他。

「把腿張開。」

游離用戴著手套的手按住克里斯大腿內側，他大腿的肌肉因為緊張非常緊繃，就跟花豹的大腿一樣非常結實。

如果不是因為克里斯的肌肉線條很優美，那他看起來可能會跟一隻熊一樣笨拙。

「為什麼？」

克里斯有點茫然，但是游離卻沒有回答他。游離將克里斯翻過身，彷彿在解剖一隻放在台子上的青蛙一樣。雖然說克里斯現在沒有力氣反抗，但是游離可以這麼輕易地操弄強壯的克里斯，表示游離的力氣也非常大。

突然間嘩啦一聲，有一股冰涼涼的液體從臀骨間流下來，受到驚嚇的克里斯想要爬走，但是游離卻按住了克里斯的背。

「不要動。」

皮革接觸皮膚的觸感讓克里斯微微顫抖，游離的聲音很嚴厲，他不會讓克里斯離開這裡。

游離的手扳開克里斯的屁股，變溫的液體流過克里斯的身體，讓他感到很不舒服。

克里斯半靠在床鋪上打開雙腿，站在克里斯雙腿中間的游離讓人無法忽視他的存在。

雖然克里斯似乎猜得到會發生什麼事情，但是他卻不敢去想。

可能是因為克里斯把臉靠在床上的關係，他覺得好像聽到自己心臟怦怦跳的聲音

「啊！」

游離一隻手用力壓著克里斯狹窄的肛門口，另一隻手繼續按著克里斯的背，因此克里

斯只有腰部可以輕微挪動，其他地方都動彈不得。

克里斯雖然沒想到游離會這樣對待自己，但他的下面也逐漸放鬆。雖然只能放進一根手指頭，但是被異物填滿的感覺卻讓克里斯有點反感。

克里斯無法要求游離停下動作，他只好忍住呼吸，肩膀和身體都變得非常僵硬。

「你好僵硬。」

游離低聲說道。

因為克里斯是男人，所以沒辦法自己溼潤，是游離先前抹上潤滑的液體讓手指頭可以慢慢進入。

「其他舒緩者的舒緩課程把你搞得一團亂，但是你似乎沒有用過這裡。」

「呃，嗯嗯……」

本來只在肛門口遊走的手指頭，在這時突然伸到深處。克里斯努力閉緊嘴巴，因為克里斯擔心自己會發出呻吟聲，也害怕自己的口水會流出來沾溼床鋪。

「我還沒完全伸進去。」

游離的語氣完全沒有感情，他這麼做是為了讓克里斯對於舒緩課程留下更深刻的印象。

克里斯被舒緩課程搞得暈頭轉向，但是游離不同，游離非常地理性。

鄙視異能者的游離不可能對克里斯產生欲望，他只覺得克里斯再瘦一點可能會比較輕鬆，畢竟全身肌肉的克里斯身體非常結實和沉重。

「求求你，我不會再逃跑了……不要再繼續了。」

克里斯斷斷續續地哀求游離，但是游離假裝沒有聽到克里斯的話，反而把手指頭伸到更裡面。游離好像在尋找什麼似的，手指頭摸過的地方都留下酥酥麻麻的感覺。

因為舒緩課程的關係，游離挑逗克里斯的感官，讓克里斯更加渴望游離的愛撫。

當游離的手指頭用力按在某個地方時，克里斯的身體開始躁動不安，克里斯甚至差點踢到游離。

「看你的反應這麼激烈，我應該是找到了。」

這似乎已經超過舒緩課程的刺激了，游離認真地揉著那個地方，克里斯感到下腹部傳來陣陣快感。

「聽說按摩這裡，就會讓人感到高潮，但你為什麼這麼安靜呢？」

克里斯感覺到有人把他後頸的頭髮撥開，游離的手不知何時鬆開了克里斯的背，往上移動。

可能是因為游離彎著身體對克里斯竊竊私語，游離的影子倒映在克里斯的脖子上。克里斯幾乎可以感受到游離的呼吸，光是游離的呼吸聲就讓克里斯豎起寒毛。

克里斯不自覺地咬著雙唇。

「你要是覺得舒服就直說，我不想要不小心弄痛你。」

游離第二根手指頭也伸進了克里斯下面的洞，雖然不適感倍增，但是克里斯除了呻吟之外也做不了其他反抗。

克里斯怎麼可能拒絕這種酥麻又甜美的感覺呢？

「呃，哼……啊！」

克里斯肚臍下方的生殖器站了起來，他用生殖器來回摩擦著床墊，一邊回味著游離愛撫他下半身的感覺。

游離堅持不懈地揉著克里斯的敏感處，手法跟之前調戲克里斯的時候一樣粗魯，好像只是為了完成一項作業。

但是游離還是沒有停手。

痛苦和排斥感圍繞著克里斯，讓他忽略了源源不絕傳遞過來的舒緩能量。

克里斯現在只感覺得到快感。

「呃，嗯嗯……好舒、不是，呃！」

克里斯滿腦子只有「好舒服」三個字，這是因為他的敏感帶不斷受到刺激，加上舒緩課程也持續在進行中的關係。克里斯現在不斷感受到高潮。

不知不覺游離伸進了第三根手指頭，克里斯變得比較放鬆，排斥的感覺減緩不少，也漸漸可以忍受充滿異物的不適感。

克里斯眼前一下清晰一下發白，他心裡非常盼望游離可以再強烈一點，卻沒有開口，因為克里斯一直以來就是很會忍耐的人。

如果克里斯坦白面對自己的欲望，那他應該早就崩潰，他會苦苦哀求游離再激烈一點。

「克里斯，你整個身體都變紅了，我認識你這麼久第一次看到你這個樣子。」

克里斯的下面非常灼熱，游離為了讓克里斯感到愉悅，不斷地刺激著他的敏感帶。

克里斯知道游離不達到目的是不會善罷甘休的，每當游離的手指頭伸進去時，克里斯就會感覺到游離之前擠在自己身上的凝膠流下來，那冰涼的感覺讓克里斯的愉悅中增添了一股羞恥心。

克里斯僅存的理性讓他充滿怨恨。

他希望自己能夠快點射精，好讓游離趕快放過自己。

「求求你，趕快停止舒緩課程。」

克里斯本來想要撐下去的，但他已經到達極限了。舒緩課程和愉悅感帶來的刺激已經讓克里斯神志不清了。

再這樣下去克里斯的身體可能會有所改變，到時候他會完全依賴游離。要是游離嫌棄克里斯骯髒而拋下克里斯的話，那克里斯就活不下去了。

既然克里斯試過了游離的舒緩課程，他就不可能再去找其他舒緩者。因為克里斯無法再接受只會讓自己感到痛苦、噁心和排斥的舒緩課程。

「你現在終於想要哀求我了嗎？你比想像中的還能忍耐。」

游離的聲音中透露出一絲開心的感覺。

「原來和你做這種事是這個感覺，你以前進行完舒緩課程總是會躲著我，我從來沒想到你會這麼興奮……」

「你、你到底為什麼要這樣對我？」

「因為你必須要把我烙印在身上。」

游離的聲音變得非常清晰。

「我本來以為你只屬於我，但是你身上卻有其他舒緩者的味道，所以我要再烙印一次。」

「……烙印在身上？」

克里斯低聲地重複這句話，雖然他沒有聽過這個概念，但是說出來的時候卻感覺到一股熟悉感。

「舒緩者和異能者之間是互相烙印的嗎？」

極光從來沒有跟克里斯說過這件事，所以克里斯在思考自己這麼排斥其他舒緩者是不是因為烙印原因。

游離沒有回答，這讓克里斯感到非常絕望。克里斯把頭轉到另一邊，無法觀察游離的表情。游離似乎不想給克里斯思考的時間，繼續移動克里斯下體內的手指頭。

「呃！」

游離暫時停頓的手指頭再次粗魯地移動，克里斯本來以為自己可以有一些喘息的時間，但是他誤會了。克里斯沉浸在愉悅感之中，一下子覺得自己可以找回理智，一下子又陷入深淵。

這種落差讓克里斯更加崩潰，克里斯甚至有一種不祥的預感，他覺得游離真的可以馴服自己。

「夠了……夠了！」

反覆的刺激讓克里斯嘴巴不由自主地張開，一股刺痛的感覺從背上傳來，讓克里斯的視線漸漸變白。他撐在床上的手不自覺地用力，腰部開始扭動，耳邊也一直環繞著游離的呼吸聲。

光是這股刺痛感就讓克里斯高潮，那種愉悅感在克里斯的身體內高低起伏，讓他肌肉忍不住僵硬並不停地顫抖。

床鋪被克里斯的精液弄得亂七八糟，克里斯四肢癱軟地躺在皺成一團的床單上。

可能是舒緩課程的關係，這種感覺讓克里斯非常著迷，跟自己手淫時的感覺完全不一樣。平常就算射精了也還是覺得少了些什麼，但是這次卻完全沒有那種空虛感。

游離的手從克里斯的雙腿中抽出來，克里斯一方面覺得鬆了一口氣，另一方面心底又覺得有點遺憾。

一股濃厚的罌粟花香和櫻桃香味混雜在一起，克里斯受到刺激的除了身體的觸覺之外，嗅覺也難逃一劫。

「……看來你沒有心思再想別的事情了。」

聽到游離的這句話，克里斯慢了一步才有反應，他轉過頭迷茫地看著游離，發現游離正在觀察自己。

游離轉過頭從床頭櫃拿了一個盒子並把蓋子打開，裡面有一個橢圓型的物品。

克里斯不知道那是什麼，他抬頭看著游離。

「這個東西叫跳蛋。」

游離沒有跟克里斯說跳蛋的用處，只是把克里斯的腿扳開。克里斯有種不好的預感，想要把腿合起來，但是游離卻打了一下克里斯的屁股。

克里斯抖了一下停止反抗，游離就把那個圓形的東西塞到克里斯的肛門並緊緊按住。

「呃……」

克里斯的呼吸變得粗重，他感覺到那個叫做跳蛋的東西正慢慢地進到身體裡。雖然那個東西不長，但是也有好幾個手指頭寬，外加上舒緩能量也不斷傳送過來，所以異物感就變得更加強烈。

「你不要把它擠出來，要讓它順順地滑進去。」

就在游離說話的同時，周圍的舒緩能量就像霧氣一樣漸漸升起。四周充滿著舒緩能量，彷彿可以直接接觸到皮膚一般。

「呃……呃！」

克里斯的下面稍微放鬆了一些，游離趁這個時候把跳蛋塞到更深的地方，深到克里斯擔心跳蛋會不會就此拿不出來。

但克里斯只能屏住呼吸等待游離趕快結束這一回合。

跳蛋停在游離之前反覆搓揉的地方，克里斯看著游離，他不知道游離把跳蛋放在那個位置是打算做什麼。

游離看出克里斯蔚藍眼睛中的恐懼，游離從箱子中拿出遙控器，按下開關，克里斯感覺到一陣震動從身體裡傳來。

嗡嗡嗡的聲音讓克里斯的背脊逐漸僵硬，但是他體內的跳蛋已經開始震動了。那個東西就壓在剛剛游離讓克里斯感到高潮的地方，隨之而來的震動讓克里斯神志不清。

「啊！哼！」

一陣刺耳的叫聲從克里斯嘴裡傳出來，克里斯的手也不由自主地伸往自己的下腹部。

「這只是第一階段的震動，我會慢慢調整強度，你就好好享受吧！」

聽到游離說的話，克里斯抬頭用溼潤的眼神看著游離。

「這、不要，拜託，你還不如用手……！呃！」

即使克里斯盡量地讓自己不要有反應，但是瀰漫在周遭的舒緩能量卻讓克里斯的意志漸漸崩潰，克里斯不自覺地伸出手。

因為克里斯知道游離不喜歡別人碰他，所以他緊緊抓著床單。克里斯只要一想到游離可能會丟下自己離開這邊，他就覺得有點害怕。但是克里斯也只敢伸手抓著游離的襯衫下擺而已。

從游離的眼神中看不出來他在想什麼，他暗沉的眼神看著克里斯抓著自己的手，然後開口說道。

「我現在要先離開一下，因為你剛剛逃跑的關係，讓事情變複雜了，在我回來之前你可以自己在這裡玩一下吧？」

游離還冷漠地補充了一句「我都幫你準備好玩具了」，克里斯頓時鬆開了抓著游離襯衫的手。

克里斯的雙腿不由自主地收縮，但只要一用力跳蛋就會被推到更深的地方，似乎無法推出來。但是克里斯也不敢伸進去把跳蛋拿出來，對他來說這些感官都是未知的領域。

克里斯只要一呼吸，舒緩能量就會進入他的肺部，讓他失去自我。克里斯現在整個身體都沉浸在快感之中。

游離低頭看著蜷縮在床上，拚命忍住呻吟的克里斯，被汗水浸溼的亮金髮在黑暗中非常顯眼。

游離默默伸出手，但是他還是沒有安慰克里斯，而是轉身離開。伴隨著關門聲，房間陷入了黑暗之中。

走出門外的游離用蔡斯遞給他的毛巾擦了擦手說道。

「黑坑的監視情況如何？」

☆☆☆

克里斯不知道自己已經進來幾天了，這個房間的時間彷彿是靜止的。克里斯覺得自己變成一隻手錶，只有在游離進來的時候發條才會被轉動。

當克里斯從昏睡中清醒的時候，他發現有光線照射進來，對外的門是打開的，克里斯緊緊盯著那個地方。

克里斯漸漸習慣口中乾渴的感覺，他沉浸在舒緩課程和愉悅感裡，等著游離的到來。他就像一塊已經被浸潤的土地，但卻依然擔心乾旱來臨，所以一直在等待下雨的日子；也像一條苦苦守著家門等待著主人回來的忠犬。

這陣子發生了很多事情。

第一天就被放進身體裡的跳蛋隨著時間流逝震動越來越激烈。但感覺卻跟游離親自動手的時候不一樣，它無法輕易地讓克里斯達到高潮。克里斯甚至瘋狂地希望跳蛋可以震動得大力一點。

房間內瀰漫著舒緩能量，讓克里斯在游離再次回來之前弄溼了好幾次床單。無接觸舒緩課程這件事已經夠讓克里斯感到驚訝了，他更想不通的是舒緩者明明不在這裡，舒緩能量為什麼還可以殘留在房間內。

克里斯經歷越多，越覺得游離難以捉摸。

他覺得身體非常輕盈，就連剛在極光中醒來的時候，身體狀況都沒有這麼好。但是相反地，克里斯的內心卻非常崩潰，因為想要接受游離舒緩課程的渴望已經壓垮了克里斯的意志。

游離每次進來房間都會愛撫克里斯的身體，游離好像很喜歡看到克里斯感到愉悅的樣子。但游離卻從來沒有排解自己的欲望，他只是一直不斷刺激克里斯。

游離一開始略顯生疏的技巧也漸漸變得純熟，他總是可以把克里斯帶到高潮。就好像游離也感受到愉悅感一般，游離也在回應克里斯的身體反應。

游離光是用舒緩課程就能讓克里斯感受到高潮，對克里斯來說絕對不是一件好事。但是克里斯的身體已經被馴服了，現在他已經可以無視身體裡的跳蛋。就算游離一次伸進三隻手指頭，克里斯也不會覺得不舒服，反而非常享受游離帶來的愉悅感。

欲火一旦被點燃，就很難輕易撲滅，克里斯因此被折磨了很久。身為一名異能者，雖然克里斯生理部分有一些過人的優勢，但也是因為克里斯經常鍛鍊自己，所以才沒有失去意識。

喀啦。

耳邊傳來開鎖的聲音，門被打開了，克里斯看到地板上有一塊四方型的亮光，在那塊亮光上還投射著一個細長的人影。

是游離來了。

也不知道克里斯是哪來的力氣，他撐著身體慢慢縮到了床頭。因為轉變成坐姿，體內的跳蛋也改變位置，緊緊貼在克里斯身體內壁，一聲愉悅的呻吟聲從克里斯嘴裡傳了出來。

「哼呃……」

走到床頭的游離用手捏住身體蜷曲的克里斯，把他的下巴抬了起來。

「你也太能忍了。」

看著克里斯迷茫的眼神，游離不禁嘖嘖稱奇。克里斯原本清澈蔚藍的眼眸，現在充滿著濃濃的水氣，克里斯無聲地用眼神哀求著游離。

在沒有舒緩者的情況下，異能者想要度過惡寒的冬天，都會出現這種表情，所以游離經常看到這種令人厭惡的眼神。

「雖然花的時間有點久，但你現在好像變穩定了，應該再幾次就夠了。」

過了一會，克里斯突然意識到自己是一個無底洞，即使是像游離這麼厲害的舒緩者也沒辦法馬上就滿足自己。雖然有部分原因是克里斯之前被不穩定的能量影響太久，但追根究底也是克里斯的身體需要非常多的舒緩能量。

沒有人會相信這只是一個B級異能者所需要的能量。

「你是說……我們還要再繼續嗎？」

克里斯苦笑了一下，他也知道性交是傳送舒緩能量最快速的方法。但是游離明明這麼討厭碰觸別人，過去幾天游離卻一直反覆做這件事。而且游離只是為了舒緩課程，他自己並沒有感受到任何快樂。

游離說過他會再次馴服克里斯，還提到了要烙印在克里斯身上。結果游離根本只想著要傳送舒緩能量給克里斯，根本不在乎自己身體和心靈上的痛苦。

難道游離真的那麼在乎那個「丹尼爾」嗎？

就算克里斯真的是克里斯・丹尼爾，但是他目前還是認為自己是克里斯・極光，所以覺得心情有點糟糕。

被欲望淹沒的克里斯突然覺得游離有一點討厭。

「你現在變得穩定許多，應該很快就可以使用你的超能力了。」

超能力，游離口中的超能力不是變異為野狼的獸人化能力，而是指丹尼爾的念力。

克里斯吸了一口氣，把內心想說的話說了出來。

「……如果那樣，你不擔心我會再次逃跑嗎？」

雖然克里斯知道自己現在還在游離手裡，實在不應該說這種激怒他的話，但他還是忍不住說了出來。

「逃跑？」

游離忍不住噗哧一笑，並模仿克里斯的語氣反問他。就憑這個反應，就能看出來游離是多不屑克里斯的這句話。

其實克里斯也知道游離為什麼會有這種反應，自從知道世界上有像游離這種舒緩者以後，克里斯就不可能再接受其他舒緩者。過去的這幾天克里斯親自驗證了這一點，並將這件事烙印在自己的身上。

克里斯還清楚地記得自己在面對盧卡和其他舒緩者時所感受到的痛苦，那些根本稱不上是舒緩課程。那比較像是為了不要讓自己餓死，所以才勉強塞一些穢物到自己的嘴裡而已。

就算克里斯回到極光，他也是會以兩種方式死去。

第一種是因為舒緩課程無法滿足自己而自殺，另一種就是因為缺乏舒緩能量而失控死亡。

即便如此，克里斯還是不想留在游離身邊，克里斯覺得自己的腦筋可能有點問題。

『我必須回去極光。』

雖然在游離把自己當作是丹尼爾的這段期間游離不會停止舒緩課程，但是克里斯依然沒有改變自己想要回到極光的決心。

可能是因為游離在克里斯面前還是念念不忘克里斯・丹尼爾的關係，才讓克里斯有這種反抗心態。

克里斯在被黑手黨綁架時候，才意識到自己內心對於極光非常地忠誠。

『是因為極光拯救了失去記憶的我，又收留我的關係嗎？』

雖然克里斯不太清楚自己的想法，但是他認為自己不應該只是為了報恩，而是要忠於自己所屬的地方。

「你竟然還有力氣反抗，也是，異能者就算意志不堅定，體力也是很好。」

游離輕輕點了一下克里斯的太陽穴，自言自語地說道。但是克里斯親身體會過，不是異能者的意志不夠堅定，而是游離的舒緩課程太過於霸道。

到底是什麼等級的舒緩者有能力可以動搖異能者的意志力？要不是游離說自己不是異能者，而是舒緩者的話，克里斯應該會認為游離是精神系S級的異能者。

「腿張開。」

克里斯乖乖地張開雙腿，反正就算反抗，等一下還是會被游離的舒緩課程控制住自己的思想。外加上每次克里斯反抗的時候，游離的手段就會變得更凶狠。

克里斯最後一次反抗的時候，游離用手指頭擋住克里斯的龜頭，並把跳蛋震動開到最強。當游離的舒緩能量傳過來的時候，克里斯只能邊扭動腰部邊哀求游離讓自己射精。

最令人感到痛苦的是那段可怕的回憶到現在還是非常清晰，在那一瞬間，游離對於克里斯來說就是絕對王者。

克里斯似乎明白了為什麼在異獸的世界裡，是依照坐騎來排名；克里斯也明白游離所說的烙印是什麼意思。雖然克里斯總是說要逃離這裡，但他每次升起這個念頭，都會感到非常無助。

「呃……」

游離的手指頭伸到克里斯體內，克里斯咬著嘴唇忍耐著呻吟聲，游離現在就不理會克里斯的反應了，只是制式化地移動手指，就像看著說明書在組裝某個物品一樣。

對游離來說這只是舒緩課程的一部分，也是為了找回丹尼爾必須要做的犧牲，同時也可以將丹尼爾再次綁在自己身邊。

克里斯從來沒有看過游離勃起，也沒有看過游離戴一樣的手套。

游離應該一走出這裡就會把所有的東西都丟掉，絕對不會重複使用沾過穢物的東西。

克里斯強忍著自嘲的念頭，聽到游離的命令。

「你放鬆一點。」

游離打算把跳蛋拿出來，克里斯努力地讓自己放鬆。

游離慢慢地把跳蛋拉出來，硬物滑過的感覺依然刺激著克里斯的身體。雖然游離把震動關掉了，但是身體還是有一些反應，可能是因為游離的手指頭還是有碰觸到克里斯體內黏膜的關係。

即使游離沒有意識到，但他還是會不知不覺釋放一些舒緩能量。

當跳蛋完全被拉出來以後，克里斯雙腿之間的凝膠也緩緩流下來。凝膠幾乎變成水狀，讓克里斯覺得自己好像是一個睡覺時不小心尿床的孩子。

不管經歷過幾次都無法習慣的感覺讓克里斯感到非常害怕。

「你這裡一直在收縮，看來是少了什麼所以覺得很空虛吧！」

游離用手指頭壓住克里斯的肛門低聲說道，這裡原本是淡淡的粉紅色，但是現在有點紅腫，所以顏色變深了。

但是游離沒有碰過克里斯的胸部，所以克里斯的乳頭還是淡淡的粉紅色。因為必須要長時間撫摸乳頭才會有感覺，但是生殖器和後面的洞只要短暫觸摸就會立即有反應。

克里斯乳頭和私密處的顏色形成強烈的對比，衝擊著游離視覺，那是游離所造成的色差。

『真的非常……』

可能是因為游離看過好幾次克里斯全身溼透扭動著腰部的樣子，他現在無法將視線從克里斯身上移開。

游離突然很想知道克里斯淡粉色的乳頭是否也會變深，這股衝動跟進行舒緩課程的時候完全不一樣。

游離把手伸過去。

「啊！」

克里斯感覺到游離的大拇指和食指捏住自己的乳頭並開始搓揉，克里斯突然全身僵硬，睜大了雙眼，似乎完全沒想到游離會挑逗他的乳頭。克里斯無辜的眼神跟身上的黏液還有赤裸的身體形成鮮明的對比。

「那、那裡……！」

好痛。

游離用力捏著克里斯的敏感部位，克里斯完全無法忍耐。

這是克里斯第一次覺得刺痛感甚於愉悅感，就連克里斯肛門被撐開的時候，感覺到的也是異物感，而不是疼痛。

雖然愉悅感太強烈也會讓人感到痛苦，但並不是真正的疼痛。

克里斯不希望自己因為乳頭被觸摸而引起生理反應，但這卻由不得他自己。

游離看到渾身發抖的克里斯，眼神變得暗沉。他看著克里斯雙腿之間流著液體、無法正常站立倒在自己身上，突然覺得自己好像虐待狂。

游離好想繼續虐待克里斯。

『如果他還要莫名其妙地離家出走，然後變成羅傑豪爾的手下，那乾脆……』

人類的欲望是非常現實的，而且丹尼爾是第一個會激發游離佔有欲的人。

仔細想想，克里斯的開端似乎是游離，而游離的開始也是克里斯。

不管是佔有欲還是愛情，都是一種與他人有關係的情緒。但是游離其實對人們沒有抱著太大的期望。游離認為人與人之間總會因為背叛而分開，所以他不可能信任任何人。對游離來說，人類只分為曾經被自己利用，和未來將會被自己利用這兩種。

除此之外，游離還有一隻忠犬。

雖然游離沒有想要擁有他，但游離也習慣了他每天都跟著自己，因此在他離開後，游離才會覺得非常空虛。

變態的情緒漸漸湧起，游離手上不自覺加重了力道，克里斯反射性地咬住自己的嘴唇。

「你的嘴唇破了。」

這陣子只要克里斯一感受到愉悅感，為了克制住呻吟聲，就會把嘴唇咬得亂七八糟。這已經不是克里斯第一次咬著自己的嘴唇，他聳聳肩，毫不在意游離的話。

「我為了忍住不發出聲音……就變這樣了。」

游離皺著眉頭詢問克里斯是不是完全不在意自己漂亮的嘴唇變得乾裂。

「如果你不想要發出呻吟聲，要不要拿一塊布塞著嘴巴？」

游離這根本是扭曲的善意。

克里斯搖搖頭，他現在已經快要喘不過氣了，要是嘴巴被塞住，那應該會更難呼吸。

但是克里斯卻無法拜託游離停手。

「那你就好好控制一下，我不想看到你一直咬著嘴唇。」

游離的聲音非常冷淡，克里斯立刻點了點頭。

「我會……小心的。」

當克里斯垂下眼神後，他感覺到游離凶狠的神色逐漸緩和，游離總是一直出現這種令人猜不透的反應。

游離繼續摸著克里斯的乳頭，透過肌膚接觸傳來的舒緩能量就像一股微弱的電流，讓克里斯的乳頭感到輕微的刺痛。游離一直搓揉著粉紅色的乳頭，直到乳頭變得硬挺。

「呃……」

克里斯的呼吸漸漸變得沉重，他不知道自己的胸部接下來會有什麼遭遇，只能雙眼無神地看著前方。然而游離卻突然抓住克里斯的下巴。

「你似乎在迴避我的眼神。」

面對游離的質問，克里斯垂下眼睛緊緊閉上了嘴巴。

「你為什麼要迴避我的眼神？」

克里斯無法回答，克里斯習慣性地想要咬著嘴唇，但是游離的大拇指卻緊緊按住了克里斯的下唇。差點咬到游離的克里斯嚇了一跳，抬頭看向游離。

深邃的紫羅蘭色眼眸似乎快要把克里斯的目光吞噬進去。

就是因為這樣，克里斯才不想看著游離。

「……因為我想要反抗你。」

「……什麼？」

「但是每次和你四目相交的時候都有種奇怪的感覺。」

克里斯斷斷續續地說道，游離慢慢地鬆開捏住克里斯下巴的手。

克里斯低下頭，他認為游離可能會覺得異能者對自己產生感情是一件很噁心的事情。

在對方衣著完整的情況下，在別人面前赤裸裸地暴露私密處是件讓人身心俱疲的事情。連續幾天下來，自己的心理防線就會因為羞愧的關係而迅速降低。

克里斯甚至沒有時間考慮逃跑，因為他同時感受著愉悅和無力感。

「看來你還仍然想要離開這裡。」

克里斯沒有回答游離的話。

游離抓著克里斯的腰讓他站起來，克里斯差點要往後倒，但游離扶著克里斯，直到他站穩腳步。

游離帶著克里斯去浴室。

雖然克里斯不知道游離是怎麼下令的，但每次從浴室洗完澡出來，潮溼的床墊、床單和枕頭就會全部換新。之前克里斯回到被整理乾淨的房間時，總是很在意有個不認識的人拿走沾滿自己精液的寢具，但他現在卻很感激自己可以不用見到對方。

游離總是會幫克里斯洗澡，雖然克里斯一直強調他可以自己洗，但是游離卻把克里斯的話當耳邊風。

這間浴室完全看不到任何銳利的物品，就連原本擺放鏡子的地方都只有曾經貼上磁磚留下的膠痕。應該是怕克里斯打破鏡子當作刃器的關係。

這間房間裡完全沒有窗戶，浴室不但沒有窗戶，就連通風口也非常狹窄。這是考慮到克里斯第一次逃跑的時候就是利用通風口脫離，所以才選擇了這間房間。

不對，這可能是招呼除了克里斯以外的「客人」所準備的房間。

游離雖然長得非常清秀，但是他的本質就是黑手黨。

游離轉動水龍頭，熱水嘩啦啦地流了出來。克里斯覺得自己被關押的房間設備竟然比極光所準備的住處還要高級，就覺得非常可笑。

不知道是不是因為克里斯漸漸感到精神不濟，還是說他的心智已經接近瘋狂，他的嘴角時不時會上揚。

但是克里斯看起來卻不開心，反而像一個無法成功引起觀眾共鳴的小丑。

游離看著克里斯奇特的表情，什麼話都沒有說。

「你轉過去。」

克里斯二話不說立刻轉過身靠在牆壁上，根據前幾次經驗，克里斯知道水等下就會流過私密處。一開始克里斯認為游離不是要幫自己洗澡，而是要折磨自己，但是游離真的只是想要把克里斯沾滿凝膠的私密處洗乾淨而已。

游離就像幫寵物洗澡的主人一樣公事公辦，但是克里斯一觸碰到游離的肌膚，就會變得興奮，這克里斯感到非常苦惱。

但是克里斯卻不能表達出來，游離不是克里斯的同事，他是黑手黨也是一名綁匪，克里斯不能再讓游離抓到自己的把柄。

「呃嗯……」

水流進了身體裡面，體內敏感的黏膜承受著強大的水壓，幾乎讓克里斯沒辦法堅持住自己的姿勢，幸好克里斯強而有力的雙腿肌肉還是穩住了自己的身體。

克里斯緊閉著雙唇，水流明明是從下體進入，但克里斯卻覺得自己只要張開嘴巴，水就會從嘴巴流出來。以常識來看這是不可能的事情，但是克里斯現在全身感官都失靈了，會有這種想法也不奇怪。

游離並沒有準備塞子之類的東西，所以克里斯也只能想辦法自己忍耐。

克里斯的雙腿開始顫抖，但他不希望游離看到水從自己的肛門流出來，所以他拚命地忍耐，彷彿度日如年。

克里斯全身溼透，他已經分不出來自己身上是冷汗還是殘留的水珠，但是游離還沒開口讓克里斯放鬆肛門。

不管克里斯怎麼哀求游離，游離從來沒有答應過。

「你可以放鬆了。」

克里斯搖搖晃晃地走到馬桶前，水才剛流完一轉身就看到游離朝著牆壁的方向揚了揚下巴。

知道游離在表達什麼的克里斯重新趴在牆壁上，指尖傳來的涼意讓克里斯微微發抖。

克里斯聽到布滿水珠的浴室地板發出了鏘啷的聲音，游離好像在弄什麼東西，但是克里斯卻沒有回頭看。

當游離再度回到克里斯身邊時，克里斯卻被塞進自己肛門的東西弄得不知所措。

「唔？」

這和水流進來的感覺不一樣，是一個小小又硬硬的球狀物，感覺比跳蛋的體積小，所以應該不是跳蛋。

「你的姿勢。」

游離按住嘗試起身的克里斯說道。

「你……為什麼？我們不是進來洗澡的嗎？」

克里斯低著頭說話，在浴室裡聽起來就像是嗡嗡嗡的迴響，克里斯聽到自己的聲音在顫抖，也感覺到自己的聲音越來越微弱。

「我本來是只打算幫你洗澡，想說可以讓你輕鬆一點。但你剛剛在進來浴室前自己說的。」

游離用溫柔的聲音提醒克里斯。

「你說你想要反抗我。」

這句話狠狠地打擊克里斯，他緊緊閉上雙眼。克里斯之前想迴避游離視線的時候，不小心說出自己的心裡話。

即使克里斯知道不服從游離的話，游離會非常刻薄地對待自己，但是克里斯還是很想反抗游離，所以克里斯迴避了游離的視線。

「我以為你知道這不是你可以決定的，看來是我對你太好了，對不對？」

雖然游離的語氣很溫和，但卻令人毛骨悚然。克里斯則是緊閉雙唇沒有理會游離的問題。

「你覺得你可以塞進幾個這種珠子？」

游離似乎也不期待克里斯會回答自己的問題，他馬上又問了另一個問題。克里斯猶豫了很久之後答道。

「應該可以……塞三個。」

三個珠子的體積感覺跟跳蛋差不多大，克里斯怕自己講的太少反而激怒游離，所以他故意講得比較多，但其實克里斯可能塞不了那麼多顆。

「如果你可以讓我塞進兩倍的數量，然後忍耐十分鐘，我就把你的衣服還給你。」

「……真的嗎？」

克里斯轉過頭，游離的表情出乎意料地溫和。

「但是那十分鐘你不能迴避我的視線。」

「……啊！」

克里斯頓時很後悔自己不該告訴游離，他們對視的時候，自己內心總是會掀起一陣波瀾。

「怎樣，你要試試看嗎？」

克里斯咬了咬嘴唇，決定要試試看。

雖然六個有點多，但是它體積比跳蛋小，應該是可以忍耐十分鐘。

一聽到可以拿回自己的衣服，克里斯立刻充滿了希望。

全身裸露，並讓游離從身後的洞傳送舒緩課程這件事讓克里斯身心俱疲。克里斯覺得自己不是人，而是一樣廉價品。克里斯覺得就算沒有鞋子，只要自己可以穿上褲子，應該會比較有尊嚴。

「我想試試看。」

克里斯握緊拳頭回答，而游離卻嘲諷地說道。

「我可能會不小心數錯，你要自己數清楚。」

游離說話的同時，他已經朝克里斯的體內塞了兩個珠子進去。可能是用水灌腸後馬上塞東西進去，克里斯覺得自己的下體比剛進浴室的時候還要乾澀。

「二。」

克里斯感覺到這兩個珠子碰撞到已經在體內的珠子。

「是、是三個……」

克里斯剛剛說自己可以忍受三個珠子，事實上也是如此。但是塞進三顆珠子和塞進一個跳蛋的感覺完全不一樣。

三顆珠子會互相擦撞，擠壓到內壁的感覺非常地不舒服。

「怎樣？還可以忍受嗎？」

游離停下動作詢問克里斯，克里斯急忙點點頭。克里斯擔心自己浪費太多時間，等下沒有力氣忍耐。

「可、可以。」

「那我就繼續了。」

克里斯緊閉雙眼，這些似乎都在游離的算計中。

克里斯感覺到第四顆珠子被塞進來的同時，第一顆珠子被擠到更深的地方。

「四。」

目前還可以忍耐。

克里斯在心裡默默安慰自己，游離拿了第五顆靠近肛門口，但是克里斯的身體有點緊繃，珠子無法順利塞進去。

「如果你現在這麼用力，珠子可能馬上就會掉出來。」

游離開口訓斥，克里斯努力讓自己放鬆，游離才把珠子塞進去。

「第五、第五個。」

現在第一顆被放進去的珠子已經進入到身體深處，珠子的體積比克里斯想像中的大。

克里斯咬著下唇，如果把第六顆珠子塞進去，珠子可能會擠到體內更深的地方。

「你真的忍得住嗎？」

游離沒有停止手邊的動作，他正在把第六顆珠子塞進去。

「哼，哼呃……」

克里斯邊深呼吸，邊試圖讓自己的身體放鬆下來。但是克里斯的腦中卻感到一片空白，跳蛋之前也沒有被擠到這麼裡面過。

「太、太深了。」

在最後一顆珠子快要塞進去的時候，克里斯不自覺地脫口而出。

「那我們剛剛的打賭就不算數了嗎？」

克里斯聽到游離冷冰冰的聲音後，縮了一下肩膀然後搖搖頭。就算再怎麼痛苦克里斯也不想放棄，如果真的可以忍耐十分鐘，他就可以拿回自己的衣服了。

克里斯全身緊繃，撐在牆壁上的手布滿了青筋，如果不是因為磁磚十分堅硬，克里斯的手可能會嵌進牆壁裡。

游離迅速地塞進最後一顆珠子。

克里斯感覺到最後一顆珠子進入到最深處，他用盡了全身的力氣說道。

「……第六顆。」

克里斯的聲音很奇怪，他的喉嚨啞了。

克里斯從塞第四顆珠子開始覺得有點勉強，塞第五顆珠子的時候克里斯本來覺得自己不行了，沒想到最後還是塞進了六顆珠子。

「我聽不太清楚，你說這是第幾顆？第五顆嗎？」

游離問道，但游離根本不可能沒聽到。

「第、第六顆……」

克里斯努力提高音量，雖然克里斯眼前沒有鏡子，但他知道現在自己應該滿臉通紅。

「很好，都塞進去了。」

游離檢查了一下微微顫抖的洞口，然後伸手按住它。克里斯感覺到珠子在身體內互相碰撞，不自覺地把手放在小腹上。

「你的姿勢。」

克里斯把手放回牆壁上。

『珠子不是都放進去了，為什麼還要我趴著？』

克里斯還來不及問出口，他就知道為什麼了。因為游離重新打開了水龍頭。

游離用手把克里斯下面的洞撐開，把水灌進去，水快速地填滿了六顆珠子之間的空隙。

這股刺激感讓克里斯的腰部微微扭動。

「現在才剛開始，你不能讓水流出來，好好忍耐。」

游離伸手打了克里斯的屁股，克里斯反射性地縮緊肛門口。可能是因為水也是從上往下流，所以克里斯很難分辨有沒有液體從裡面流出來。

但很悲慘的是，克里斯突然感到一陣尿意。

這真是意想不到的事情。

「我們不是說好只、只塞珠子嗎？」

「我們是進來清洗的，總不能為了打賭所以不辦正事吧。」

這個打賭好像有什麼陷阱，因為他們現在身處的位置是浴室，就算克里斯塞進六顆珠子忍耐了一個小時，只要游離不讓克里斯離開這裡就不需要穿衣服。

「請、請你遵守約定。」

克里斯咬著牙說道，他有點站不穩，但還是用雙腿勉強支撐住自己的身體。

克里斯轉過身，蔚藍色眼珠對上了游離的紫羅蘭色眼珠。

他們打賭的第二個條件就是互相對視。

「我當然會遵守。」

游離回答道。

「不然你以後就不會再跟我打賭了。」

這是克里斯第一次發出噗嗤的笑聲，想到黑手黨竟然還想取得自己的信任，就覺得有點可笑。

克里斯斜靠在牆上，很難站穩腳步。

下腹部傳來的感覺就已經讓他快要撐不下去了，浴缸底部因為蓮蓬頭流下來的水變得非常溼滑。幸好還有水的熱氣讓克里斯不至於覺得太冷，但是他很擔心自己會不小心滑倒，所以身體有點緊繃。

來。

讓克里斯感到更痛苦的是他除了要維持住身體的平衡，還要努力讓珠子和水不要流出

游離看到克里斯站不穩的樣子，開口說道。

「扶著我。」

克里斯聽了游離的話有點猶豫，雖然游離有穿衣服，但克里斯卻不想扶著游離。游離看到克里斯擔心的樣子，歪了歪頭。

「你明明什麼都不記得，但每次看到你不願意碰我的樣子，我都覺得好神奇。」

克里斯也覺得自己有點可笑。

雖然克里斯非常想要逃離這裡，但他卻不願意做出游離不喜歡的事情，這也太矛盾了。

克里斯回想起他以前完全不懂為什麼異能者遇到合得來的舒緩者時會願意付出自己的一切，因為那時候的克里斯完全不知道合得來是什麼感覺。

如果克里斯知道世界上有種感覺會讓自己誤會一切都是命中註定，那他第一次遇見這個殘忍的男人時，他就會逃到距離十一月大洲最遙遠的地方。

克里斯第一次踏進木蓮二手書店，對視到那雙妖媚的紫羅蘭眼珠時，他就應該要趕快逃回極光的。

「我不想再說第二次了，扶著我。」

游離的語氣非常強硬，克里斯最終還是把手搭到游離的肩膀上，蓮蓬頭的水嘩啦嘩啦地流下來。

因為游離說不能迴避自己的視線，所以克里斯一直看著游離紫羅蘭色的眼珠。克里斯覺得那雙眼睛非常冷酷無情，但是它的深處似乎蘊含著克里斯讀不懂的情緒。

克里斯不能迴避游離的視線……

其實克里斯一點都不想看著游離，現在全都是靠著想要拿回自己衣服的意志力在支撐。

「嗯……哼唔……」

隨著時間流逝，克里斯體內的水開始讓他全身發抖，而裡面的珠子也因為互相碰撞一直摩擦到內壁。

克里斯彎著腰抱著肚子靠在游離身上，他認為這樣自己應該會站得比較穩。

克里斯感覺到有水流從雙腿之間流下，但他告訴自己那只是蓮蓬頭的水，並試圖夾緊自己的大腿。

「你一直在往下看，你很不舒服嗎？」

「我怕它流出來。」

克里斯咬著嘴唇沒辦法好好說話，克里斯只要稍微動一下，都可以感覺到體內的珠子在互相碰撞。這種感覺讓克里斯無法站直也無法彎下腰，只能用力抓著游離的肩膀。

然後又不能迴避那道在觀察自己的視線，這對克里斯來說也是一件很痛苦的事情。

眼睛是心靈之窗這句話完全不適用於游離，即使知道游離是個可怕的人，他那雙紫羅蘭色眼眸依舊像第一次見面時那般清澈美麗。

那眼眸會讓人就算知道所有一切，還是心甘情願地上當。

克里斯知道這種感覺是怎麼冒出來的，不是因為自己有可能是丹尼爾，而是克里斯自己內心深處的想法。

如果這種情竇初開的感覺能不要讓人覺得甜美就好了，但它總是在我們還沒注意到時，就變得無比珍貴。

只要克里斯下定決心，其實他還是有其他辦法的。

克里斯可以假裝疲憊地倒在床上，然後把床單撕成長條狀握在手中，接著勒住游離的脖子。這樣克里斯就可以在游離開始舒緩課程之前勒暈他或是殺死他。人類在突發的情況下，想要鬆開勒住自己脖子的東西時，判斷力也會降低。

或是躲在門後面，等游離要進來的時候把他擊暈。

克里斯自己也知道這些方法，但就是做不到。

讓克里斯感到恐懼的不是失敗，而是自己必須要傷害游離，才能離開這裡。

「啊！」

「你分心了。」

游離的手握著克里斯半勃起的生殖器低聲說道，一時的快感讓克里斯緊繃的身體放鬆下來，一股水從他的雙腿間流下來。

「你在想誰？想極光的舒緩者嗎？」

克里斯搖了搖頭，游離壓低了聲音。

「還是……你在想游離．木蓮？」

克里斯全身緊繃動彈不得，蓮蓬頭流出來的水濺到游離的衣服上，顯得游離的肌膚若隱若現，克里斯也無法忽視自己觸碰到游離肩膀的感覺。

克里斯沒辦法好好地靠在游離身上。

水的熱氣和游離釋放的舒緩課程交錯在一起，給人一種目眩神迷的感覺。

「請你把手放開。」

游離稍微鬆開手回應克里斯。

「那也請你也不要再分心想其他事情。」

克里斯點點頭，當他再度看向那雙紫羅蘭色眼珠時，他忍不住吞了一口口水，游離慢慢地放開了握住克里斯生殖器的手。

一陣嘆息般的呻吟聲從克里斯口中傳出，水也不斷從他的雙腿中流下來。

為了繼續堅持下去，克里斯不斷地逼迫自己想別的事情。

『我還能夠撐多久？』

『已經過了十分鐘了嗎，真希望已經過了。』

「還、還剩下、幾分鐘？」

聽到克里斯的問題，游離沒有看手機就直接回答他。

「五分鐘。」

竟然才過了一半。

克里斯感到非常無助，雙腿似乎也失去了力量，只能下意識地緊緊抓住游離的肩膀。

克里斯應該非常用力，但是游離卻沒有任何痛苦的樣子。克里斯過了很久才驚覺到自己手在用力，他慢慢地鬆開手指。

「快要結束了，你再忍耐一下。」

游離的鼓勵讓克里斯耳朵感到一陣酥麻，克里斯因為身體的狀態導致耳垂變得很敏感。

「哼呃！」

克里斯只要一移動身體，體內的珠子就會一起移動，因為有水的關係，珠子變得更容易滑動。游離剛剛撫摸過的生殖器也開始有了反應。

殘餘的快感以及舒緩者游離在身邊形成催化劑，吞噬掉了克里斯的自制能力。

克里斯非常想要把自己體內的東西全都擠出來，再加上壓迫感和尿意的關係，他現在已經到了極限了。

游離盯著克里斯看，彷彿是想要把克里斯刻在自己眼睛裡一樣。即使克里斯閉上眼睛，他也可以感受到那股視線。那股視線帶著一種執念，一種即使無處可逃將墜入谷底，仍舊不肯放棄的執念。

克里斯伸出手想握住生殖器，但是瞬間又猶豫了。克里斯知道如果現在自慰的話，那自己一定會受不了的。他的身體總是不自覺地跟著內心的欲望，再這樣下去克里斯不知道還會做出什麼事情來。

「你還真可憐。」

游離用溼漉漉的手指尖撫摸著克里斯的胸部，然後彈了一下尖端的部分。

「你連這裡都硬了……難道你不想讓自己舒服一點嗎？你讓體內的珠子全部流出來，然後好好地休息一下不是比較好嗎？」

游離親切地規勸克里斯。

克里斯似乎明白為什麼總是流傳著人類會被惡魔誘惑的話語，因為這些誘惑真的很難被忽視。

「沒、沒關係，還剩下多少……呃！」

「我看一下，大概剩下一分鐘。」

克里斯就快要成功了。

現在克里斯的眼神發亮，跟他剛剛第一次問時間的時候完全不一樣。

當游離規勸克里斯放棄的時候，克里斯一副快死的樣子，但是現在游離給了克里斯一絲希望，克里斯突然充滿生機。游離非常想要大力搖晃對方的頭，因為他發現克里斯竟然還是想要回到極光。

「你的嘴唇……」

游離撫摸著克里斯的嘴唇喃喃自語。游離非常想要塞一些東西到克里斯張大口呼吸的嘴巴裡。

游離的食指按住克里斯的下唇，接著把手指頭伸進他的嘴巴裡，軟軟的觸感和溼潤的唾液包圍住游離的手指頭。

當游離的手指頭傳出舒緩能量時，克里斯覺得自己腦袋中有某種東西斷線了。舒緩課程已經控制了克里斯，他蔚藍色眼珠變得非常混濁，克里斯現在就像嬰兒在吸吮奶瓶似的，吞食著游離的舒緩能量。

克里斯不由自主地用勃起的生殖器摩擦游離的大腿，像隻野獸般地撲在游離身上。

過沒多久，克里斯生殖器的前端射出了一些液體，他的身體開始顫抖。

「咿、呃，啊……！」

克里斯放鬆後，身後便傳來珠子噗通噗通掉進水裡的聲音。

那個聲音將克里斯拉回現實，他急忙縮緊肛門口，但是已經有三顆珠子掉落出來。

克里斯著急地看向游離，游離緩緩地搖了搖頭。

「只差一點點，真是太可惜了。」

雖然游離假裝很惋惜，但還是看得出來這一切都是游離故意的，克里斯緩緩低下了頭。

克里斯本來以為自己一定做得到的。

克里斯知道游離不會這麼簡單地把衣服還給他，他覺得自己根本不該打賭。但是他還是無法理解這麼討厭與別人接觸的游離，怎麼會隨隨便便地把手指頭伸進自己的嘴巴裡。

『是為了進行舒緩課程……嗎？』

克里斯也不知道。

游離為了拯救處於混亂和絕望中的克里斯，他開口問道。

「還剩幾顆珠子？」

「三、三顆……」

雖然克里斯不覺得冷，但是他的聲音卻在發抖。

「我沒辦法把衣服還給你了。」

游離故意發出惋惜的聲音，克里斯臉色蒼白地抬起頭，主動地看向游離。

「我可以、可以再來一次，我們再打一次賭……」

克里斯覺得自己現在的處境比輸光錢的賭徒還要悽慘，游離看著懇求自己的克里斯，稍微停頓了一下。

克里斯看著游離的反應，他沒有感到緊張，反而是覺得充滿希望。因為克里斯知道游離是故意製造緊張感，這樣游離答應請求時，克里斯的情緒才會到達臨界點。

「你這次就好好守住那三個珠子，還有水。」

克里斯有點驚訝，雖然他跟游離相處的時間不長，但是他知道游離不是那種會因為別人哀求，就放寬條件的人。

「但這次我會堵住你前面的洞。」

游離邊說邊伸手摸向克里斯的生殖器，克里斯點了點頭。因為克里斯剛剛就是忍不住射精，珠子才會掉出來，如果把前面堵住的話，搞不好對克里斯比較有利。

游離從外面拿了一個東西進來，克里斯有點緊張地看著那根有點粗、長得有點像針頭的塞子。

「你要我先堵住前面，還是先從後面灌滿水？」

「先堵住前面。」

克里斯盡量讓自己平靜地回答游離，游離照著克里斯的要求捏住了他的生殖器。

「你這根長得滿漂亮的。」

克里斯的生殖器還沒勃起，握在手中就覺得很有分量了。

「又大又硬……形狀也很漂亮，勃起的時間也夠長，不管是誰把這個塞進自己的身體，應該都會非常開心。」

克里斯看著游離用正經的表情說出低俗的話，突然間克里斯好像沒有聽懂其中的含義。這種不合諧的感覺就像是克里斯剛知道游離．木蓮就是游離．索伯烈夫的時候一樣。

游離看起來是一個不會說低俗話的男人，就像他使用過的假名木蓮一樣，會讓人聯想到木蓮花。

是一名優雅，卻有著不知名悲傷的美男子。

「你有用過它嗎？」

游離把東西塞到克里斯的尿道中，克里斯聽到游離的問題，不由自主地看向游離的嘴唇。可能是克里斯的錯覺，他覺得游離淡紅色的嘴唇清新誘人，彷彿是偷了玫瑰的顏色塗在自己的嘴唇上一樣。

「不管是對我還是對其他人。」

克里斯搖了搖頭。

「沒、有。」

「沒有其他舒緩者想要得到你過嗎？」

克里斯感覺到尿道口有東西推進來，塞子明明看起來不粗但感覺還是很強烈，克里斯的腳趾頭忍不住扭動起來。

「沒有。」

為了舒緩課程的效率，克里斯最後和盧卡匹配的時候，曾經有過比較親密的接觸，但是克里斯對於極光的舒緩者都沒有太大的興趣。

克里斯一直以來都過著禁欲的生活，所以他從來沒想過自己會像現在這樣每天勃起並在床上打滾。

「這樣嗎……」

游離鬆開了克里斯的生殖器，但克里斯只要稍微一動，就會感覺到塞子在刺激他的尿道。這個感覺讓克里斯微微顫抖，但他也很快就適應了。克里斯慢慢地轉身趴在牆壁上，游離瞇著眼睛看著克里斯自動轉動身體，等他轉過身把屁股抬起來，游離就用手撐開克里斯的肛門。

當游離看到紅潤的肌膚緊縮成一團，就算他再理智，這一刻也感到有些崩潰。接連而三的舒緩課程讓肛門也同樣感受到愉悅感，現在不斷地收縮好像是在要求游離趕快放東西進來。

克里斯靠在牆上焦急地等待，只要想到等一下就會有水灌起來，克里斯就非常緊張。但是游離卻只是一直看著克里斯的臀部而沒有下一步行動，這讓克里斯有點擔心。

因為克里斯覺得游離可能又會做出一些奇怪的事情。

克里斯聽到嘩啦啦的水聲，接著感覺到游離撐開他的肛門把水灌進去。

「呃……」

克里斯本來以為第二次會比較習慣，但是情況並非如此，因為少了三顆珠子的空間也都被灌滿了水。水不斷地灌進來，克里斯開始擔心再這樣下去水會不會倒灌進肚子，讓肚子膨脹。

「你現在可以站起來了。」

克里斯扶著牆壁慢慢撐起身體，這次他沒有踉蹌。克里斯擔心自己不小心放鬆會讓珠子和水流出來，所以現在非常地謹慎。

「你這裡也變硬了。」

游離吃驚地看著克里斯勃起的生殖器，克里斯整個脖子都變紅了。

其實克里斯沒有興奮，但是這裡充滿著游離的舒緩能量，再加上體內敏感的感官才讓生殖器勃起。生殖器越堅硬，尿道感受到的刺激就越強烈。

「你不要一直彎腰，把身體挺起來，可以再扶著我。」

聽到游離這麼說，克里斯看向游離，打賭中有一個條件是不能迴避游離的視線，但克里斯現在頭腦昏沉，已經忘了那件事了。

因為克里斯現在腹背受敵，要以這種狀態堅持十分鐘真的有點困難。

為了讓硬挺的生殖器軟下，克里斯慢慢地在心裡數數。雖然克里斯不知道什麼時候才能撐完十分鐘，但是他認為這樣可以轉移注意力，比較容易撐完十分鐘。如果克里斯一直專注於不要讓肛門放鬆，反而會更難堅持到最後。

「呃，哼嗯……」

克里斯正想要咬住嘴唇的時候，游離就把手指頭伸進去。克里斯嚇了一跳，身體往後退了一步，看到游離瞇著眼睛看著自己。

「你要改掉這個壞習慣。」

克里斯覺得很冤枉，是游離害克里斯養成咬嘴唇的壞習慣，但是游離現在卻一直阻止克里斯。

克里斯的臉和生殖器變得通紅，就像熟透的水果一樣。

冬季大洲上沒有什麼新鮮的水果，所以克里斯現在看起來非常可口。在寒冷的環境中，本來就不容易看到開花結果的景象。游離只能靠著走私的水果罐頭或是水果糖漿來懷念自己小時候喜歡的味道。

如果克里斯沒有回來，游離也會懷念克里斯嗎？

游離自己也不確定這件事。

「你撐不住了嗎？」

克里斯現在的尿意比塞六顆珠子的時候還要強烈，他緊閉著雙唇。雖然克里斯現在覺得下腹部非常緊繃又全身無力，但是目前還撐得下去。

克里斯告訴自己一定要撐下去。

「你看起來快不行了，我不是已經照著你說的做了？」

克里斯聽到游離說「我把珠子的數量減少，也幫你把前面堵住了不是嗎？」忍不住滿臉通紅。

雖然體內只有三顆珠子，但是其他的空間都被水填滿了，塞在尿道的塞子也隨著生殖器腫大而讓人無法忽視它的存在。

隨著時間的流逝，克里斯的背脊漸漸開始發冷，他唯一能做的就是繼續忍耐。克里斯一直盯著游離的嘴唇，希望游離趕快告訴自己十分鐘到了。

克里斯現在就像一條吃飯時間到了就衝到碗前面流著口水等待食物的小狗。

「呃……」

克里斯的下體在顫抖，克里斯越想要縮緊下面的洞，就越覺得身體裡的壓迫感很大，應該是因為體內有水的關係。

克里斯寧願倒立用腳趾抓住單槓，那樣不要說十分鐘，要他堅持三十分鐘都沒有問題。但是現在的處境，是克里斯從未練習過，也沒有辦法練習的事情。

游離看著淚眼盈眶的克里斯問道。

「你幹嘛這樣看著我？難道你想放棄了嗎？」

「不……是……」

克里斯連頭都沒辦法搖，只能勉強動一下嘴巴。

「看來你還撐得住，我真沒想到你喜歡這種口味……」

游離像挑釁般地低聲說道。

「怎麼、可、呃，怎麼可能喜歡！」

克里斯滿臉通紅，眼淚都快要流出來了，胸口不停地上下起伏。

游離看著克里斯淡粉色的乳頭，突然提議開口說道。

「要幫你減少一些時間嗎？」

「……什麼？」

「現在剩下六分鐘，如果你讓我摸你胸部的話，我就幫你減少一半的時間。」

「你是……要一直摸著嗎？」

聽完克里斯的問題，游離點了點頭。雖然克里斯全身溼透，但他卻覺得自己的嘴唇非常乾燥，克里斯抓起游離的手摸向自己的胸口。

克里斯和游離肌膚接觸的地方開始傳送舒緩能量，克里斯的乳頭還尚未有反應，但是卻已經感到一陣酥酥麻麻的感覺。

不知從什麼時候開始，克里斯似乎更加習慣沒有戴手套的游離。一向討厭被觸碰的游離，也不像之前總是制式化的動作，而是主動地捏住克里斯的胸部。

「嗯、哈嗯！」

游離並不溫柔，而是非常粗魯地抓住克里斯的乳頭。他用那雙像是鋼琴家的優美雙手狠狠地捏著克里斯的胸部，並搓揉乳頭。游離現在就像一個發現新玩具的小孩，也有點像一名在觀察標本的科學家。

儘管如此，克里斯還是覺得這比捏著生殖器好多了，現在的感覺比游離捏著生殖器的感覺還要緩和許多。

游離尖尖的指甲輕輕地劃過乳頭尖端，輕輕地逗弄著克里斯的乳頭。

「啊……！」

克里斯的呼吸聲中夾雜著呻吟聲，克里斯感到胸口一陣痠麻，忍不住開始顫抖，而一向很冷靜的游離現在眼睛裡也充滿著血絲。

「就算異能者再怎麼喜歡舒緩者，也很少有人像你這麼容易興奮……」

游離的嘴角閃過一絲狡猾的笑容。

「你這種體質竟然還可以在極光和就業中心的公共淋浴間洗澡。」

游離的手往下移動握住了克里斯的生殖器，並用力地捏揉。克里斯肩膀抽動了一下，上半身不自主地往後仰。

游離的手握住塞著塞子的生殖器慢慢地開始來回套弄。

雖然游離沒有做出特別的動作，但是游離只要來回套弄，前端比較粗大的塞子就會移位，然後從縫隙中噴出一絲絲乳白色液體。

就像是有人在放煙火一樣，而且還是世界上絕無僅有的白色煙火。

「放進……不，移、移開……！」

克里斯表情痛苦地扭了扭腰。

克里斯的失誤就是不該在游離說要堵住前面的時候傻傻地點了點頭。

那根本不是用來預防射精的，反而是讓人更想要射精但是卻又射不出來。

克里斯分不出來自己是比較想要趕快射精，還是想要減緩尿意。

他只覺得自己無法忽視那根比針頭粗一點的塞子不斷在尿道裡移動，這比用手指頭擋住龜頭還讓人難以忍耐。

每當塞子被推進尿道時，克里斯就很擔心自己的尿道會不會受到傷害；而塞子被推往外面的時候，就會覺得比較放鬆。

「哼，呃咿……！」

冷眼看著克里斯的游離突然把堵在克里斯尿道的塞子拔掉了，而克里斯體內的三顆珠子也突然從肛門口掉了出來。

克里斯看到不是精液也不是尿液，而是一股透明的液體從前面射出來。

「啊，啊……啊……！」

克里斯雙腿顫抖，瞪大雙眼。

下方傳來了珠子滾到浴缸底部的聲音，克里斯不敢相信地拚命搖頭，雖然他有感覺到尿意，但從沒想過會這樣噴出來。

克里斯半羞愧半驚恐及懊悔地看著游離，但是游離卻非常冷靜。

游離看著這名渾身發抖又可憐兮兮地盯著自己的金髮男子，竟然連自己哭了都不知道，不由得深吸了一口氣。

「你現在的表情真讓我大開眼界。」

「我，我沒有堅持到十分鐘……」

克里斯就像一台壞掉的收音機，反覆說了兩三遍才閉上嘴巴。游離拉著克里斯站到蓮蓬頭底下，一直到熱水沖到了身體上，克里斯才發現自己全身都是冰冷的。

克里斯緊繃的肌肉慢慢放鬆，但還是沒辦法站穩。游離幫克里斯清洗的時候，克里斯必須要一直扶著游離。游離絲毫不在意自己的頭髮和衣服被濺溼，他非常仔細地幫克里斯洗淨全身。

浴缸底部散落著珠子，用手指頭挑逗克里斯肛門的男人從背後抱住克里斯，親手幫他洗澡。

克里斯竟然覺得游離的動作很溫柔，他應該真的瘋了。

他覺得自己現在就像被鱷魚的眼淚所欺騙一樣，這樣下去就算克里斯被吃掉，也無法有任何怨言。

洗完澡走出浴室前，克里斯裹著大浴巾目不轉睛地看著掉落在浴缸底部的珠子。

乍看之下它們似乎長得一樣，但是仔細看還是有點不同。越後面塞進去的珠子好像越大，所以珠子才會被擠到跳蛋都沒有深入的地方。

為了讓克里斯沒有餘力思考，所以游離才讓克里斯數珠子，這的確是很有游離的風格。

邊發呆邊走出浴室的克里斯在跨出門檻的時候停住腳步。

克里斯看到鋪好的床上放著折疊整齊的衣服。

「我打賭，輸了……」

克里斯現在能做的就只是小聲地自言自語。

「如果你想要試到成功為止我也不反對，但是以你的忍耐力，我看可能要花好幾年。」

游離諷刺地說道，聽到游離這樣說，克里斯趕快把衣服緊緊地抱在懷中。

因為克里斯擔心游離又想出什麼詭計把衣服搶回去。

「我剛剛也沒有遵守約定，所以你不需要看我的臉色。」

在打賭的過程中，的確是游離一直改變規則才害克里斯失敗。但是克里斯沒想到游離會體諒自己，所以還是覺得自己賺到了。

衣服上還有曬過太陽的味道，以及淡淡的柔軟精香味。

克里斯感到有點驚慌，腦中卻突然回想到之前的某一天。

「你還記得你帶我去藥局的那天嗎？」

游離狐疑地看著克里斯，臉上寫著你為什麼會突然提到那一天。

「我那時候身體不太舒服，但是回到家以後就覺得好多了，是你傳遞了舒緩能量給我嗎？」

游離聽懂了他的問題，緩緩地點點頭。

「因為你看起來快要失控了，所以我就幫你一下。」

克里斯現在終於知道自己為什麼會突然興奮勃起，但他還是不懂一直隱瞞自己是舒緩者的游離為什麼要這麼做。

就算游離將自己的身分隱藏得很好，但他應該還是無法承受自己身分暴露的後果。

「……」

克里斯不發一語，游離毫不在意地繼續說道。

「你要多喝一點水。」

游離一臉完成重大任務的樣子，轉身離開房間。

因為游離進去浴室幫克里斯洗澡，所以頭髮跟衣服都在滴水，他經過的地方地毯上都留下了水印。

克里斯在水印乾掉之前，都一直盯著地毯上的水印無法移開視線。

直到游離走遠以後，他才鑽進被窩，埋身在乾燥的寢具中。

08 Chapter eight

散步

Self-Destructive love

穿上衣服的克里斯終於鬆一口氣，開始檢視自己的狀態。克里斯之前沉浸在舒緩課程裡完全沒有注意身體狀態，現在他才發現體內不穩定的能量已經恢復穩定。不僅如此，克里斯的舒緩能量也充足到不需要再去找其他舒緩者。

身體充滿舒緩能量的感覺真的很奇妙，就好像一個裝滿水的杯子，輕輕搖晃水就會不小心溢出來一樣。

克里斯脫離了失控的危險，但還是有一件事讓他很在意，就是克里斯仍然無法使用他的超能力。

克里斯低頭看著自己的手掌，就算再怎麼發動超能力，他的手還是不會變成狼爪。

雖然克里斯不相信游離所說的話，但他也試過了丹尼爾的念力，依舊是沒有任何收穫。

雖然他曾想過自己可能失去超能力，變成一個平凡人。但是克里斯卻又能非常明顯感覺到體內滿滿的能量，那為什麼無法使用那些能量呢？

克里斯完全猜不到原因。

克里斯很想詢問看似知道一切的游離，但是游離最近很忙。從克里斯完全舒緩後，克里斯就很少見到游離了。

就算見到面，游離也只是詢問克里斯能否使用超能力，然後就會離開。游離冷淡的態度，彷彿他從來沒有挑逗過克里斯一樣。

克里斯也知道游離不是真的想挑逗自己，而是為了舒緩課程才會那樣做。但是游離現在變得這麼冷淡，還是多少影響了克里斯的心情。

克里斯仔細想想，游離本來就是一名黑手黨，他當然不會在乎一個沒有利用價值的人。但是克里斯現在被困在這裡，他唯一能夠見到的人類就是游離，所以克里斯還是很想知道游離都在做什麼。

雖然偶爾會有人進來打掃房間，但是克里斯沒有跟他們打過照面。送餐的時候也是一樣，如果不是游離親自送來，那克里斯只會得到一顆能量膠囊。克里斯上次逃跑的時候明明看到這裡有很多人，但是克里斯現在被關的地方卻總是一片寂靜。

好像是有人禁止任何人接近這裡。

雖然游離很少出現，但克里斯卻沒有被殺掉。再加上依然有人在看守著克里斯，這表示克里斯應該還有一些用處。

「目前還算安全。」

克里斯低聲地自言自語。克里斯自從被關進來以後就越來越常自言自語了，因為除了他自己，沒有人可以打破這片沉默。

這時候克里斯突然感覺門外有人，克里斯不由自主地從床上跳起來，因為他聽到了鑰匙開門的聲音。

門打開後，正是游離站在門口，面無表情的游離看起來有一點疲倦。克里斯看到游離滿臉疲倦卻還是不忘來找自己，心中微微鬆了一口氣。

然後克里斯發現自己只要看到游離就很開心，他覺得自己應該是瘋了。

「你坐下。」

游離用下巴示意著床鋪對克里斯說道，克里斯看到游離手中的托盤上有一碗濃湯和一個三明治。

餐具則是只有一支湯匙。

『我就知道是這樣。』

游離手上沒有刀子。游離非常固執，他送來的食物要不就是直接用手拿著吃的三明治，要不就是像濃湯這種用湯匙喝的東西。

如果不是游離來送餐的話，克里斯就算只有湯匙也可以用來挖出對方的眼睛，或是用手柄戳向對方要害。

房間裡沒有任何桌椅，當克里斯坐在床上以後，游離把托盤遞給克里斯。托盤的邊緣是非常薄的圓弧形，就算拿來攻擊別人也很難將人打暈。

克里斯玩弄著手上的三明治，問了游離一個問題。

「你……你最近很忙嗎？」

「幹嘛？你需要排解欲望嗎？」

游離的語氣中帶著一絲寒意。

「你不用對我這麼警戒，我都被你關起來了，不可能傳送消息給總部。」

克里斯曾經嘗試逃跑但卻失敗，所以他知道自己現在一定受到嚴密的監控。

「在異能者出現以前，人們也不相信有人可以從虛無中變出火花或流水，說不定就是有異能者可以把自己變成跳蚤或頭蝨。」

游離說得沒錯。

「而且我為什麼要相信你？」

游離看得出來克里斯還沒有放棄逃跑這件事，克里斯也只好強忍著心中的孤獨感回答游離。

「……你說得也對。」

不知道是不是克里斯的錯覺，他看到游離疲憊的神情有稍微緩和一點。

「你的臉也太髒亂了。」

聽到這句話的克里斯突然想到一件事，把手中的湯匙拿起來照向自己的臉。

克里斯從光滑的湯匙上看到自己的樣子非常頹廢，應該是因為克里斯被關太久的關係，另外有一部分則是因為克里斯臉上長了很多鬍渣。

雖然克里斯每天都會洗澡，但是浴室沒有鏡子，所以克里斯也看不到自己的樣子。這間房間沒有任何窗戶，所以當然也沒有任何可以反射克里斯樣貌的東西。

還好鬍子沒有長得太長。

儘管鬍子不長，但還是看得出來滿臉鬍渣，克里斯小心翼翼地開口。

「我可以刮鬍子嗎？」

「你覺得我有可能給你任何有刀刃的東西嗎？」

游離冷笑說道，游離戴著手套捏住克里斯的臉頰左右觀察，可能游離也覺得克里斯需要刮鬍子，他呸了一聲。

「你還真麻煩。」

克里斯覺得游離不會答應他，因為刮鬍刀落在某些人手上也有可能變成攻擊人的武器。

克里斯也許是想要嘗試第二次逃跑，才會跟游離要刮鬍刀。

但是就克里斯對游離的了解，游離是有潔癖的。

「你等一下，我去準備。」

游離丟下這句話就走出房門。

等等，游離要去準備？

克里斯瞇著眼睛，他猜想最近忙到不見人影的游離，應該不可能親手幫自己刮鬍子。

克里斯在房間裡徘徊，他知道十一月大洲一定也有理髮師，但是幾分鐘以後克里斯就領悟到自己的想法有多愚蠢。

門再度打開，游離拿著銀色的托盤出現在門口。托盤上面放著刮鬍泡、刷子、刮鬍刀和毛巾。

「進去。」

游離對著浴室示意，克里斯在門口猶豫了一下，自從克里斯在浴室被游離調戲之後，每次游離叫克里斯進去浴室，克里斯都有點擔心。那天不知道是噴尿還是噴水的事情對克里斯來說非常衝擊。

但是克里斯卻感覺到背後射來一道凌厲的目光，克里斯只好乖乖地走進浴室。

「坐下。」

游離跟在克里斯身後進來，把托盤放到洗手台上面，坐在浴缸邊的克里斯一直盯著游離看。

游離的手套顏色都很接近，所以克里斯剛剛沒有注意到游離今天戴的是一副比平常更服貼的橡膠手套。看到那副閃亮的手套，克里斯不知不覺地說道。

「原來你戴著手套。」

游離看著克里斯，他揚起一邊的嘴角笑了。

「還不是為了某個碰到我就會勃起的人。」

「那個……！」

「我本來只想要幫你刮鬍子，如果你也需要排解欲望的話，要我一起幫忙嗎？」

克里斯閉上嘴巴，他每次聽到這些話都覺得很羞愧，因為游離說的都是實話。

這就是為什麼克里斯知道自己沒有生命危險，但還是想要逃跑的原因。因為游離總是這樣調戲克里斯，他才會覺得壓力很大想要逃走。

雖然說克里斯上次在電車站前面被抓了回來。

「……不用了。」

空氣靜默了一會，游離開始擠刮鬍泡。

克里斯看著游離手上沾滿白色泡沫忍不住問道。

「你為什麼要親自幫我弄這些？」

游離明明就很討厭碰觸別人。

「因為主人必須對狗負責。」

游離捏著克里斯的下巴，冷淡地回答道。

游離是有什麼癖好嗎？他總是讓克里斯感到羞愧，然後安慰他，再狠狠地把克里斯推進深淵。這一切似乎只是為了找回拴住克里斯的狗鍊。

克里斯逐漸地被洗腦，他認為自己離不開游離。雖然克里斯現在還在苦撐，但是克里斯也不知道自己什麼時候會淪陷。

克里斯只知道一件事，那就是游離比自己還要清楚自己的極限在哪裡。

「我是你的責任？」

克里斯重複游離說的話。

游離沒有回答，只是認真地用刷子在克里斯的下巴和嘴巴周圍塗上泡沫，刷子的觸感和泡泡佈滿下巴的感覺讓克里斯覺得搔癢難耐。

「你嘴巴閉起來不要動。」

游離拿起刮鬍刀，托著克里斯的下巴嚴肅地說道。

「我是第一次幫別人刮鬍子，如果你一直動，可能會受傷。」

聽到這句話克里斯呆了一下。

第一次幫別人刮鬍子？

「……你沒有幫丹尼爾刮過鬍子？」

游離和克里斯對到眼，游離清澈的紫色眼眸沒有蘊含任何情緒。克里斯非常希望游離沒有發現自己的心臟正緊張地怦怦跳。

「丹尼爾會自己刮鬍子。」

但是克里斯前不久才嘗試逃跑，所以游離是不可能讓他自己刮鬍子的。克里斯的雙手依舊被束縛住，監視克里斯的人力也增加了兩倍。

游離總不可能明知道克里斯想逃跑，還送他刮鬍泡和刮鬍刀吧！

「你怎麼從以前到現在都還是這麼無腦……」

游離這句話比較像是自言自語。

克里斯好像猜得到原因，應該是因為游離的獵犬拚了命地只想要留在游離身邊。

克里斯似乎有點了解消失的「丹尼爾」在想什麼，同時克里斯也想要多了解游離。

但這不是因為克里斯體諒游離，而是克里斯必須知己知彼才能百戰百勝。

克里斯無法親手殲滅游離，所以他只能尋找游離其他弱點然後再想辦法離開這裡。

克里斯緊閉雙唇陷入沉思，游離正熟練地幫克里斯刮掉臉上的鬍子和泡沫。應該是個性使然，游離一邊仔細刮掉克里斯的鬍子，一邊檢查克里斯臉上每一個部位。

克里斯身邊的人都是用電動刮鬍刀，所以他是第一次看到像游離這麼會用一般刮鬍刀的人。用一般刮鬍刀要非常專心，游離的紫色眼睛全神貫注，就像是工匠在檢視手工藝品一樣。而游離和克里斯也越靠越近，可以感覺到彼此的呼吸。

這也是無可奈何的，克里斯是第一次在沒有進行舒緩課程的情況下，用清醒的頭腦近距離看著游離的臉。

「你不要動。」

克里斯感覺自己的呼吸會越變越沉重，身體不知不覺地往後靠，游離的眉頭微微皺了一下。

「如果你再往後靠，你就會摔進浴缸裡。」

雖然浴缸裡沒有水，但是往後倒的話可能會撞到頭。

「雖然我還不能使用超能力，但是我的平衡感還是很好。」

克里斯淡淡地回答，但游離卻故意摸著克里斯的大腿說道。

「你確定你現在什麼都很好嗎？」

游離故意摸向克里斯擺放生殖器的右邊大腿。克里斯感覺到游離的手滑到大腿內側，壓在自己的生殖器上，克里斯漲紅了臉。

克里斯只能默默坐回原本的位置，游離也假裝沒事地把手從克里斯的大腿移開。然後就像平常一樣，只有克里斯一個人感到羞恥及全身發熱。

克里斯為了轉移話題開口問道。

「為什麼每次都是你過來幫我？」

「你希望別人來幫你嗎？」

游離的下巴朝著床鋪示意，那是克里斯歷經數次粗暴的舒緩課程、弄溼無數次的床鋪。雖然游離看起來是在嘲笑克里斯，但是克里斯知道游離只是想要讓自己閉嘴而已。

「我只是在想你應該有很多事情要忙，怎麼會親自過來關心我。」

「如果我不好好看守一名S級異能者才是真的愚蠢，要是別人進來這個房間，你應該會掐住那個人的脖子，偷走他的衣服再次逃走吧？」

游離慢條斯理地開口，他冷靜地分析克里斯的想法。

「你應該很快就會恢復超能力……白夜裡除了我以外還有誰制得住你。」

念力是最難對付的超能力，它不只可以在遠處使用，而且還有無數種運用的方法。如果是一般的超能力者，運用能力的範圍是有限的。但是丹尼爾的能力已經超越S級，他強大到無法用現有的標準來劃分他的超能力。

游離一直認為克里斯就是消失的丹尼爾，所以游離覺得還是讓自己對面丹尼爾比較安全。

下巴傳來沙沙的聲音讓克里斯全身寒毛都豎起來了。雖然克里斯知道刀刃不會對著自己的喉嚨，但是鋒利的刀片還是讓他心裡很害怕。

克里斯知道自己今天也逃不了，他總不能搶走游離手上的刮鬍刀割斷游離的脖子。

克里斯又想到另一個問題。

「你這麼厲害，我從來沒有看過像索伯烈夫你這麼厲害的舒緩者，那你為什麼不親自去對付極光，而是要提攜克里斯．丹尼爾呢？」

問完問題的克里斯，覺得自己要再補充一下，接著說道。

為什麼你不讓大家討論你，反而是宣揚克里斯．丹尼爾是十一月大洲的守護者呢？」

游離緩緩地反問克里斯是不是在審問自己？

「你難道不知道舒緩者的處境嗎？大家都羨慕異能者，卻看不起舒緩者。」

克里斯馬上就知道游離的意思了。

一般大眾都認為舒緩者可以治療異能者，所以他們不用出生入死也可以享有富裕的生活。但舒緩者的能力並不是他們努力而來的，而且舒緩者的能力對人民也沒有實質的幫助。但是舒緩者們對異能者來說又是不可或缺的存在，所以很多人都認為舒緩者只是運氣好才能夠享福。就是因為有人忌妒舒緩者們，所以舒緩者才會常常暴露在危險之中，無法找到正常穩定的工作。

人們並不在意異能者沒有舒緩者就活不下去，也不在意異能者沒有舒緩者就會成為世界災難。就連異能者失控時造成的傷亡，都會讓罹難者家屬有理由去危害舒緩者。因為那些家屬認為是舒緩者讓異能者存活在這個世界上，他們把所有的憤怒都轉移到舒緩者身上。

那些人沒有能力殺死異能者，所以只好去殘害手無寸鐵的舒緩者。

「一名普通的人民游離．索伯烈夫和克里斯．丹尼爾率領眾多異能者控制十一月大洲，雖然對某些人來說有點可怕，但對某些人來說卻很值得羨慕。可是告訴大家黑手黨的老大是一名舒緩者的話呢？」

游離露出誇張的笑容，並發出哈哈的笑聲。

「你要跟我打賭如果這件事傳開，白夜會出現多少閒言閒語嗎？」

游離的語氣非常刻薄，不太像是在自嘲，他似乎也沒有因此對那些說三道四的人失望。

「像我這種人的名聲是很重要的，如果我不惡名昭彰就不會有人懼怕我，所以我只好隱瞞自己是舒緩者的事實。」

因為游離從一開始就對任何事都不抱有期待。

連極光都沒有像游離這麼厲害的舒緩者，雖然現在克里斯知道舒緩者可以利用舒緩課程來制服異能者，但是他在極光的時候並不知道這件事。

克里斯現在才了解一名舒緩者，尤其是住在冬季大洲舒緩者的處境，所以克里斯好像也知道游離為什麼這麼不信任人類以及討厭異能者。

「……你說過極光的羅傑豪爾是你的敵人對吧？」

游離扶著克里斯的太陽穴，把克里斯的頭歪向一邊，邊刮著鬍子邊說道。

「他也是你的敵人。」

雖然克里斯什麼都不記得了，但他認為游離跟丹尼爾應該是有共同敵人的夥伴，也有可能是更親密的關係。

就在克里斯思考游離所說的話時，游離把另一邊的鬍子也刮乾淨了。游離完全沒有失手讓克里斯終於鬆了一口氣。克里斯不禁讚嘆游離的技術，因為克里斯一直有注意游離的手腕是怎麼移動的。

游離幫克里斯刮完鬍子，邊擦拭刮鬍刀邊說道。

「你現在可以去洗臉了。」

克里斯把臉上殘餘的泡沫洗乾淨，剛抬起頭游離就遞了一條毛巾給克里斯。

克里斯擦乾臉，用手摸了一下光滑的下巴，克里斯覺得一般刮鬍刀好像刮得比電動刮鬍刀乾淨，他似乎可以理解為什麼有人會堅持使用程序複雜的一般刮鬍刀了。

克里斯轉身靠在洗手台上，看著正在整理東西的游離，突然開口問道。

「如果我答應你，我可以證明自己的用處，你會怎麼做？」

這不是最近的話題，而是克里斯剛被關起來時游離提到的事情。

找到還沒死掉的毒販阿納斯塔西亞，並確認她是否真的有復活的能力。

「我會給予你某個程度的自由。」

「那如果我證明了我的用處呢？」

游離這樣回答克里斯。

「那你就可以回到以前的生活。」

這聽起來不像是遙不可及的事情，而是像一件理所當然會發生的事情。

克里斯・丹尼爾到底有什麼魔力，讓不相信任何人的游離這麼信任他？

「……但我知道就算我說我會跟你合作，你也不會相信我的。」

沉默片刻的克里斯再度開口。

「如果是我這樣對你說，你會相信嗎？」

克里斯偷偷瞄了一眼游離的紫色眼眸，然後一字一句地說道。

「我想找回我的過去。」

就算過去和克里斯所想樣的不一樣，就算過去和現在的生活背道而馳，克里斯還是想找回過往記憶。

克里斯沒有過去的記憶，所以他總是被游離影響。不過以游離的角度來看，克里斯就是一名失去記憶後，轉而幫極光做事的叛徒。

「你這句話很有說服力。」

游離笑道。

「讓我心甘情願被你騙。」

游離拿著托盤走出浴室。

雖然克里斯有點沮喪，但他不會放棄的。反正克里斯也沒想過自己能夠一次就成功。

游離打開浴室門準備離開，但他抓著門把對著克里斯示意，這是在叫克里斯幫他打開房門的意思。

克里斯有點疑惑地走過去轉動門把，光線瞬間照進房間內。因為這個房間裡有點昏暗，所以很久沒看到陽光的克里斯覺得眼睛有點刺痛。

「你還在發什麼呆？快跟我走。」

克里斯有點驚訝地看著游離，然後馬上跟在游離身後離開房間，克里斯甚至都忘了自己沒有穿鞋。

克里斯完全沒想到游離會帶著他離開房間，他感到非常意外。

「我真的可以離開嗎？」

「還是你想要再回去？」

「怎麼可能。」

「你的能力已經快要恢復了，所以我打算帶著你行動。」

克里斯沒有什麼特別的意圖，所以克里斯聽到游離計畫周全，完全不知道該怎麼回應。

「你打算怎麼找阿納斯塔西亞？」

「……既然她是毒販，那就要從吸毒犯下手。看是等毒販來找客人，還是讓客人去找毒販。」

克里斯說得很有道理，但是吸毒犯能找到的毒販也不一定只有阿納斯塔西亞一個人。

克里斯知道住進就業中心的吸毒犯，也就是對舒緩藥物上癮的異能者都會被送到廢工廠區域這邊。

克里斯計畫要用尋找吸毒犯的名目，找出從就業中心過來的人。如果可以利用那些人聯絡到安德蕾雅所在的就業中心的話就更好了。

克里斯想要一箭雙鵰，畢竟在他還沒找回過去之前，他身為極光要員的使命感依舊非常強烈。

克里斯現在這樣做只是為了更了解游離而已。

「從就業中心過來這裡的異能者現在都在哪裡？」

游離聽到克里斯問得這麼直接，眼睛微微地瞇了一下。

「你問這個幹嘛？」

「因為我只聽說有人進來，但沒聽說有人出去，所以我很好奇他們的去向。」

曾經住過就業中心吸毒犯病房然後消失的人，都沒有再回到醫院、收容所或是服務站。

「你想見他們嗎？」

克里斯跟著走在前面帶路的游離經過了好幾條走廊之後終於看到了一個人影，那個人體格健壯，頭髮是黑色的……

雖然克里斯只有遠遠看過他，但是他就是那天從毒販大廈走出來的男子。因為那個人也是一頭黑髮，所以克里斯誤以為他是游離·索伯烈夫。但是現在看到他對游離畢恭畢敬的樣子，克里斯不禁覺得有些感慨。

克里斯覺得很慚愧，當時克里斯非常希望游離不是黑手黨，所以才會堅信自己錯誤的認知。雖然克里斯不算太笨，但是他當時根本沒有用腦，才會沒發現敵人在身邊，把自己搞成現在這樣。

「老闆，坎貝爾在等您。」

「我馬上就過去，讓他再等一下。」

「是。」

那個人從游離手中接過托盤，低著頭默默離開。

那名男子完全沒有看克里斯一眼，也沒有表現出好奇的樣子，這讓克里斯感到很奇怪。是因為那個人對游離非常忠誠嗎？

好奇心驅使克里斯的目光一直停留在那個人的背影上，這時游離開口說道。

「……你果然是異能者，一眼就能認出舒緩者是誰。」

「什麼？」

游離嘖了一聲。

「他是羅建，你記住他的長相，你以後應該會常常見到他。」

「我知道了。」

雖然那個人看起來非常忙碌，但是至少比克里斯一直受到游離全面監控來得好。

「走這裡。」

「……不是有人在等你嗎？」

「喔，你說坎貝爾嗎？」

游離眼神透著冷意。

「不用管他，就算我讓他等一個禮拜，他還是會繼續來找我的。」

看來是對方比較心急。

克里斯跟著游離走過去，直到進入一塊全白的走廊，游離才打開最近的一間房門。

「這裡是……」

克里斯看到房間內部的瞬間，他突然定格了。裡面有很多和沃特看起來差不多，不、應該是說看起來比沃特還慘的吸毒犯躺在病床上。每一張病床之間都有玻璃隔板，還有一些看起來像是醫護人員的人在忙著照顧那些人。

「這裡的人是病情稍微有點好轉的人，你應該找得到一個可以跟你溝通的人。」

克里斯一直認為消失的異能者是被囚禁在某處進行洗腦教育，不然他實在猜不到游離為什麼要做這種慈善事業。

以極光的角度來看，黑手黨非常邪惡，他們做的每件事情都不懷好意。

「他們都在接受治療嗎？」

「如果他們有力氣站起來，還可以去接受諮商。」

克里斯只覺得自己聽到一個非常難笑的笑話。

如果游離想要販售舒緩藥物，那就不需要治療他們。某些情況來說，毒販會控制供應的藥物，但是他們不可能把吸毒犯拉出深淵的，那樣只會讓自己失去客戶。

「原來……真的不是你在販售舒緩藥物。」

克里斯也曾經覺得游離的舉動很奇怪，他告訴過陽特和安德蕾雅自己的想法。陽特當時是斬釘截鐵地說那是黑手黨自導自演，但是安德蕾雅有點同意克里斯的想法。

但現在真的顯示游離並不是為了壟斷市場而打擊同業的黑手黨。

「我很討厭毒品，尤其是舒緩藥物。」

游離似乎很在意克里斯誤會自己。自從克里斯認識游離以來，從沒聽過游離用這麼冷淡的語氣說話，克里斯感受到游離深深的憤怒。

游離看起來不像在說謊，克里斯調查毒販的時候，從來沒有遇過有人跟游離・索伯烈夫做過交易，也沒有聽過有人以黑手黨為靠山在做生意。克里斯反而親眼目睹游離的手下在圍攻毒販大廈。

克里斯當時被一名異能者跟蹤，至少表面上白夜是反對毒品的。

如果說這一切都是裝的，那游離看著吸毒犯的眼神為什麼這麼冰冷。

克里斯突然想到一件事。

「我剛到金城的時候在馬路上巧遇過你，然後過沒多久就發現有一名毒販死在那附近……那件事是你做的嗎？」

「沒錯。」

「你可以告訴我為什麼嗎？」

游離爽快地回答道。

「阿納斯塔西亞死掉之後，應該說是失蹤以後，有一個蠢蛋想要利用阿納斯塔西亞使用過的管道取得毒品。因為白夜已經調查過那個管道，所以馬上就找到那個蠢蛋了。」

也就是說那個人為了省下開闢新顧客的資金而丟了性命。

「我去殺雞儆猴，當時好像有在附近看到亮金髮的人，原來就是你。」

游離講到殺雞儆猴的時候，聲音中似乎還露出一些血腥味和火藥味。克里斯突然想到他前腳剛從那棟大樓逃出來，後腳就爆炸這件事。

游離竟然親自出面去解決毒販，這就表示游離真的非常討厭毒販。

「我現在真的知道不是你讓他們上癮的了，那你為什麼要幫他們治療呢？」

克里斯不懂游離明明不喜歡異能者，為什麼還要幫助他們。

「如果有垃圾在你家門口，你會因為那是別人丟的就不去清理嗎？」

「當然……不會。」

「而且每個月都會有垃圾車來收垃圾，我當然要先處理乾淨。」

垃圾車？

克里斯聽不懂游離在說什麼，游離的意思是有人會把沒有用處的異能者帶到別的地方利用嗎？而且從游離的語氣聽來，他似乎更討厭垃圾車。

雖然克里斯不確定舒緩藥物會帶來什麼後遺症，但是它是不可能取代舒緩課程的，所以用過舒緩藥物的每個人都像是一顆快要爆炸的定時炸彈。

「你是說有人會帶走那些異能者，然後虐待他們，讓他們做些勞力工作之類的嗎？」

「真是那樣也就算了，異能者有沒有被虐待又不關我的事。」

游離不屑地說道。

「如果你失去記憶時也一起失去思考能力，那事情就麻煩了……」

游離一副非常困擾的樣子，讓克里斯覺得有點委屈。畢竟克里斯在極光的時候，是一名很有前途的隊員。

「我是被太多消息搞得頭昏腦脹。」

游離看到克里斯握緊拳頭幫自己辯解，嘴角忍不住微微上揚。

「你仔細想想有哪一個組織現在迫不急待想要進入這片大洲。」

「如果你是說極光的話，那是因為你的組織讓我們無法踏上十一月大洲一步。」

「那你又是怎麼從六月大洲來到十一月大洲的？」

克里斯無法反駁，克里斯不但知道極光派人過來的路線，也親身體驗過十一月大洲的偷渡方式。

「封鎖令不是我下的，是極光下的。我從來沒有阻止任何人進到十一月大洲，是異能者聯盟的廢物們自己無法生存在這裡。」

游離的語氣帶有強烈私人情緒。

「羅傑豪爾為了報復我們，才阻止十一月大洲和其他大洲交流。他們認為只要中斷物流，生活在這片貧瘠土地上的人就會餓死。」

這些話似乎表示只要極光想要進入十一月大洲就一定會有辦法。

極光想要帶走那些吸毒犯？為什麼？

「我沒有在極光中見過有毒癮的異能者。」

克里斯沒有資格進入機密權限區，但是比克里斯早幾年進入極光的安德蕾雅不是也說舒緩藥物是都市傳說嗎？

如果異能者聯盟真的帶走那些吸毒犯，然後治癒他們再讓他們加入極光的話，那不可能沒有人知道舒緩藥物。

事情越來越可疑，而且可疑的對象不是游離．索伯烈夫，而是極光。

「讓極光守護您充滿希望的未來。」

克里斯突然想到畫面中綠色極光的美景和異能者聯盟標語。

游離和極光勢不兩立，他們當然不可能說對方的好話，所以克里斯只能相信自己調查到的結果。

「那舒緩藥物到底是誰賣的？」

「關於舒緩藥物的事情就讓潔西卡跟你解釋，我現在要先出去一下。」

游離說完就把克里斯拉到其中一名醫護人員身邊，對方立刻和克里斯打招呼。

「我是強化系異能者潔西卡．歐尼爾，我負責管理這邊的病房。」

「你好，我也是強化系的。」

「我知道你的超能力是念力，你那頭閃亮的金髮跟老闆總是形影不離，我很難假裝不認識你。」

潔西卡雖然管理著一棟昏暗的病房，但是她看起來是一名活潑開朗的人。

「我要先離開了，妳帶他參觀一下這裡，他有什麼問題就回答他，保全級別……就二級吧！」

「是，我知道了。」

潔西卡很有禮貌地回答游離，克里斯覺得她不像醫生，反而比較像是軍人。

「你想要從哪裡開始參觀？」

潔西卡按一下平板，就跳出了這裡的全景圖，投射出這條走廊上所有房間的名稱，像是病房、復健科、活動室、職員休息室等等……。

這裡看起來應有盡有，但是走廊的盡頭卻是紅色的，看來那一區應該是禁止閒人進入。

「我想要了解舒緩藥物，我剛剛聽游離說保全級別是二級，那我可以知道那些事嗎？」

克里斯想要先了解被稱為都市傳說的舒緩藥物，克里斯從安德蕾雅那邊沒有得到期望的資訊，所以克里斯認為尋找上癮的異能者並幫他們治療的白夜應該會知道一些內幕。

「嗯……感覺你想知道的是原因，而不是它造成的結果，我們不能在這裡說，先去我的辦公室吧！啊，我應該先幫你找一雙鞋子。」

克里斯現在才想起來自己沒有穿鞋就跑到這裡了。潔西卡巡視了一下病房，拿了一雙病人的拖鞋給克里斯。克里斯把腳塞進有點小的拖鞋裡，然後跟著潔西卡去她的辦公室。

潔西卡・歐尼爾一進到辦公室就在桌上翻找，然後拿出一個圓形的物體。

「這是其中一名病患的醫療紀錄，原則上這是不能洩漏的。但是這是我們用來進行研討會的資料，所以有得到病人的同意，我們有變聲也有打馬賽克・你可以安心地看。」

克里斯有點意外潔西卡身為白夜的醫生，竟然這麼注重病人的人權。極光的人幾乎都被洗腦到認為十一月大洲上只有非法份子，所以克里斯覺得現在這一切都令人驚訝。

「那我就開始囉？」

「麻煩妳了。」

克里斯一點頭，潔西卡就按下按鍵。

影片投射出來後就開始播放。

影片中有一名女子在地板上爬，從她強壯的肩膀和深陷進柏油路的手掌就可以知道她是一名很厲害的異能者。

「藥，給我藥，我願意幫你做任何事。」

她用力捏著地板，手背上的疤痕都變成白色的了。

「就算要妳殺人也可以嗎？」

突然出現一道像是游離聲音的男聲，克里斯嚇了一跳。除了病人以外的聲音似乎沒有經過變聲處理。

「你要我殺誰？」

「殺了妳一個禮拜前救的那名男子。」

「呃，可是那、那個人……」

「我知道，他失血過多，妳好不容易才縫好傷口救了他一命。妳藥物上癮後手就開始抖，聽說那場手術難度很高，但是妳卻把傷口處理得很漂亮。」

「……那個人有三個小孩，三個啊，他好不容易活下來的。」

「妳是說他販賣毒品養活的那三個小孩嗎？」

游離冷酷地要她去殺了一名一家之主，游離還接著問。

「妳不是想要舒緩藥嗎？如果妳覺得那個男人比舒緩藥重要的話，妳也可以放棄這個機會。反正除了妳以外，還有很多人都想要舒緩藥。」

游離丟了一包東西在那名病人面前，是一包裝著白色藥丸的塑膠袋。

就在她衝上來想要拿那包藥時，游離的黑色皮鞋便踩住了那包藥丸。游離差點踩到她的手，但是她卻沒有退縮，依然緊緊抓著那包藥丸。

雖然那個女人力氣大到可以捏壞地板，但是她怕壓碎袋子裡的藥丸，所以不太敢用力只能不斷發抖，那個畫面看起來非常不協調。

「妳願意殺了他嗎？」

女人胡亂地點點頭。

「我、我去。」

「妳必須把他孩子的手指頭切下來給我，如果他的父母沒有死，他們一定會拚命保護孩子。」

「我知道了。」

那名異能者開始痛哭。

等到哭聲平息，影片裡的游離又開口了。

「妳現在要去做什麼事？」

「殺了我上禮拜救的那個患者。」

「要帶回什麼證據？」

「孩子的手指頭。」

「不要擔心，妳不用覺得愧疚，都是我指使妳的……對不對？」

「是你，指使的。」

女人的聲音漸漸變得沒有情緒。

克里斯感到毛骨悚然，他看到一個好端端的人在眼前崩壞。影片中的女人明明就感到非常愧疚，而且還因為患者有孩子替患者求情。但是當她看到舒緩藥的瞬間就失去了思考能力，她一心只想要照著游離的意思去做，這樣才能拿到舒緩藥。

影片中的游離無動於衷地看著這個景象，非常像一個惡魔。

「你有拍到嗎？」

影片傳來一句讓人意想不到的問句，就在旁邊的人回答有拍到之後，影片中的女病人突然開始抽搐並全身扭動。

她抓著自己的胸口，喘著氣在地上打滾，過了很久才慢慢站起身來。

「這個……不行！我不行！」

她似乎不敢相信眼前的情況，聲音變得非常驚恐。她看起來比沉醉於藥物的時候還要更瘋狂，但她似乎又重新恢復理性。

一隻戴著手套的手擋住了螢幕，拍影片的機器在晃動。機器晃到女人面前，非常靠近那張經由馬賽克處理過的臉。

喀啦一聲畫面變暗了，同時也傳來了游離的聲音。

「妳現在知道為什麼要戒掉舒緩藥了吧？」

影片就只拍到這裡，應該是因為女人已經見識到自己狼狽的模樣了。

周圍頓時安靜無聲，克里斯以為影片已經結束了，但是下一段影片馬上接著播放。女病患雖然看起來有點淒涼，但她這次不是躺在地板上了。她在一間像是病房的灰色房間裡，身上穿著病患服。

她本來在哀求別人給自己舒緩藥，但是一看到游離的背影就立刻安靜。克里斯猜想應該是游離進行了非接觸式的舒緩課程。

女病患的思路越來越清晰，醒的時候已經不會哭，而是會乖乖等待。但是她雙手無力，完全拿不住任何東西。因為女病患什麼事情都不想做，所以她只能一直看著空氣發呆。

影片繼續播放，右上角的日期漸漸推移，來到了距離第一個影片的六個月之後。

女病患現在可以起身坐著。

女病患床鋪旁邊的小椅子上有一個背影，克里斯一看就知道那個人是游離。因為椅子有點小，所以游離看起來有點像是蹲著，但是游離翹著腿看著女病患的樣子看起來非常悠哉。

「如果你一直用這麼粗暴的方式讓患者戒毒，大家應該都會逃跑吧！」

女病患的聲音帶著怨恨。

「世界上哪有醫生會因為病患不想戒毒就綁架病患還把病患關起來？而且你把舒緩藥拿到我面前，然後拍下我看到舒緩藥以後的心境變化，再把影片給我看，這個方法實在太極端了。我因為藥物的副作用感到情緒低落，你不但沒有激勵我，反而還讓我產生自我毀滅的想法，這會害我留下陰影。」

女病患還補上一句「而且你竟然要我親手殺死我的病人」。女病患搖了搖頭，似乎一想到那件事，就會讓自己渾身發抖。

「因為我不太懂那些專業的東西。如果妳康復了，然後也願意幫助其他跟妳同樣處境的異能者，那妳負責的病患也許可以接收到不同的治療。」

雖然游離的語氣很低沉，但他並沒有生氣。

「怎麼樣？妳覺得這個提議如何？」

「我不是一個正式的醫生，只是我的感官比較敏感，所以私底下幫其他人做手術……」

「我可以給妳一個新的身分，絕對不會有人懷疑妳，我還可以幫妳寫一封推薦信。」

游離淡淡地說道。

「妳帶著那些東西去八月大洲的南丁格爾醫學院，就可以修完所有課程。」

女病患問游離推薦信也是偽造的嗎，看到游離沒有回答，女病患就默默閉上嘴巴。

「你為什麼要幫我？我們之前根本是陌生人？還是你是希望我臣服於你，但我不懂黑手黨的運行方式，我只是一個非法行醫的假醫生而已。」

女病患被打上馬賽克，所以看不出來她的表情，但是可以感覺出來她語氣中的混亂和語無倫次。

游離站了起來淡淡地回答道。

「因為我無法獨自面對這場戰鬥。」

影片到這裡就結束了，克里斯不知道女病患怎麼回答的，但是他似乎知道女病人的選擇。因為潔西卡的手背上的傷疤和影片中的女病患一模一樣。潔西卡說這是研討會的資料，但克里斯發現了那個傷疤，所以他猜這是潔西卡私自保存下來的紀錄。

「這是二級保全中最詳細的紀錄。影片包含了異能者上癮的狀態、還有戒掉藥物以及康復期間的樣子。」

看到克里斯有點不懂的感覺，潔西卡詳細地解釋道。

「藥物有可能會讓人偷竊或是隨意允諾別人做事，甚至背叛別人和殺人。但是也不是每個人都會這樣，必須要上癮到某個程度才會發生那些事。就像你剛剛看到的，藥物控制了異能者的意志。我們推測藥物和舒緩課程結合會擾亂神經系統並讓人失去思考能力。如果這時候有人像影片中的老闆一樣拿著舒緩藥威脅異能者，就會讓人腦海裡產生一種想法，認為自己不照著做就會死掉。」

第一個影片中潔西卡拒絕了游離的要求，但是舒緩藥一出現潔西卡就變得非常聽話，並答應游離要去殺人。

就只是因為出現了「區區」那幾顆藥的關係。

雖然說是「區區」，但是克里斯知道舒緩藥物不是這麼容易取得。異能者就像是天譴，外人才會以為他們擁有無所不能的超能力，但是異能者沒有舒緩課程根本就活不下去。所以冬季大洲在舒緩者短缺的情況下，才會發生異能者過度依賴那個不知道有沒有效果的舒緩藥物。

克里斯到現在都還記得享受安定的味道，克里斯以前從來沒有嘗試過舒緩藥，但是身體卻還是蠢蠢欲動。

現在是因為游離讓克里斯達到百分之百舒緩，不然克里斯體內能量不穩定的日子再持續久一點的話，克里斯也非常有可能會對舒緩藥上癮。

「雖然舒緩藥因為可以振奮異能者，而被歸類為毒品。但是它們還是不太一樣。舒緩藥含有其他合成物……目前我們這裡的設施和人力還沒辦法分析出它的成分。」

潔西卡指著自己桌子上堆積如山的報告說道，那些都是各式各樣的論文和研究結果，裡面還有幾篇是克里斯在極光中看過的文章。

「如果要改造目前毒品的配方讓它擁有舒緩課程的效果，那就需要非常厲害的科學家，也需要好幾組不同的團隊。但是那些厲害的科學家怎麼可能會來這麼落後的十一月大洲？這裡的設備不足，想要取得研究材料需要花費龐大的金額，而且還要走私才能夠取得特殊的材料。」

克里斯看過往來十一月大洲飛船的時刻表，因為封鎖令的關係，所以只有少數人能夠進入這裡。一個披著白袍的醫生會在光天化日之下提到走私，不是因為這裡是白夜，而是在十一月大洲上這是無可避免的現實。

「所以藥物不是在冬季大洲上製造的，只是在冬季大洲上流傳開來。」

「沒錯，只想好好活著的異能者怎麼可能會去思考它的來源？就算有人知道那是陰謀，但還是會使用，因為他們想要活下去。」

「……走投無路的人什麼事都做得出來。」

潔西卡聽到克里斯的話忍不住嘆了一口氣，接著潔西卡換了一個話題。

「你應該已經猜到影片中的女病患就是我了，舒緩藥差點毀了我的一生。」

潔西卡大方地把克里斯假裝不知情的事情說了出來。

「因為我是C級異能者，所以我的超能力沒有非常強大。我可以增強我的感官能力，所以對於外科手術這部分很有幫助，我是在私底下非法行醫的時候接觸到舒緩藥的。」

潔西卡回想起當初的事情，忍不住搖了搖頭。

「我當時在想如果可以好好運用舒緩藥，說不定可以幫助到更多人，所以才會在自己身上做實驗，想研究出安全的用法。」

潔西卡在當非法醫生的時候，應該親眼見過很多異能者因為無法接受舒緩課程而死去。

雖然潔西卡克隱藏了自己的情緒，但是克里斯還是感覺到潔西卡身上有一段不為人知的過去。

「我太過自信了，我以為缺乏舒緩課程會更危險，再加上我有一些醫學背景，所以我以為自己不會上癮，但是我還是上癮了。」

就算是好心做好事，也不一定都會有好報。

對於潔西卡來說，研究舒緩藥的結果就是不好的結果。

「我就是那時候遇到老闆的，他真的是個神經病……」

聽到潔西卡低聲說的話，克里斯發覺白夜這個組織其實沒有規定下屬一定要絕對服從上級。

「我猜他是打聽到我在研究舒緩藥物，所以才來找我的。如果老闆沒有來找我，我應該已經死了。我現在每天都在面對舒緩藥上癮的異能者，幫助他們戒毒……盡量減少他們的心理創傷。」

「……那妳現在都好了嗎？」

潔西卡聽到克里斯小心翼翼的提問，忍不住笑了一下。

「沒有。」

潔西卡直接否認。

「舒緩藥就像毒品一樣，不可能一次就戒掉的。一個不小心可能會造成休克，所以只能慢慢地戒。就算別人覺得你已經『成功戒毒』，但還是要持續注意，也就是說戒毒是一輩子的事情。」

潔西卡把掛在醫生袍上的身分證給克里斯看，正面寫著「潔西卡·歐尼爾醫師」，然後潔西卡翻到背面。

克里斯慢慢地念出背面的字。

「病患，潔西卡·歐尼爾。」

「這是為了提醒我自己，我必須要記住我跟那些倒在地上痛哭流涕的異能者沒什麼兩樣。」

潔西卡接過克里斯還給她的身分證，把它掛回身上說道。

「我也是一名病患。」

這句話有點沉重，讓克里斯忍不住低下了頭。

「謝謝妳跟我分享妳私人的事情。」

克里斯現在非常確定一件事。

十一月大洲的混亂是有幕後主使的，但是幕後主使不是游離·索伯烈夫，而是另有其人。

克里斯很好奇幕後主使到底是誰。

「戒毒只要漸漸地減少舒緩藥的分量就好了嗎？」

「怎麼可能。治療對舒緩藥物上癮的人，是需要舒緩課程的。漸少舒緩藥的分量時，必須要用舒緩課程去彌補那些缺口。幸好流傳在市面的享受安定和溫柔之毒的效果比C級舒緩者還弱，如果沒有完全深陷進去，通常很快就會好轉。不過舒緩藥物對於異能者來說其實也就像毒品一樣。」

能夠影響異能者的藥物。

可能是因為這些話不是游離說的，而是從一名長時間研究舒緩藥的醫生口中說出來，克里斯就覺得更難以置信。

舒緩藥是真的存在，每個人都可以用它來洗腦異能者。

幕後主使把這個東西放到十一月大洲上，到底是為了什麼？是想要打擊白夜，並取代游離的位置嗎？

潔西卡的話打斷了克里斯的思緒。

「如果異能者已經被洗腦的話，就需要百分之百的舒緩課程。」

克里斯一聽到百分之百舒緩課程就想到游離，游離拘禁了克里斯，用最苛刻的方式進行舒緩課程。即使游離已經解決克里斯能量不穩定的問題，但游離還是不斷向克里斯這個無底洞注入舒緩能量。

游離是覺得自己被洗腦了嗎？

以游離的立場來看，克里斯在失蹤一陣子後，突然變成極光成員出現在游離面前，所以游離認為克里斯被洗腦也是一件很正常的事情。

「有一組舒緩者團隊專門負責舒緩藥上癮的異能者，你要見見他們嗎？」

舒緩者團隊。

克里斯聽到這句話不由得瞪大了眼睛。

那些傳聞中在冬季大洲被綁架後，被賣到黑市的舒緩者難道就在這裡？

「我想見他們。」

克里斯激動地回答。

「好。」

克里斯呆呆地看著正在使用呼叫器的潔西卡，突然問道。

「索伯烈夫在影片中提到的那名被你治療的病患，現在還好嗎？」

潔西卡聽到克里斯的話，抬頭回答。

「……就業中心是在那年創辦的，我從南丁格爾醫學院回來的時候，第一期的學員剛好畢業，我的病患就是其中一名學員。他最近常常會寄一些麵包或是餅乾給我，他們家的老大也長大了，現在在爸爸的店裡幫忙。」

「真的是太好了對吧？」潔西卡邊說邊笑，克里斯地頭看向地板。

一縷陽光從腳邊的窗戶照射進來。

☆☆☆

克里斯跟著潔西卡走到走廊盡頭的舒緩者團隊。

「這位是格溫·達頓，舒緩者團隊的隊長。」

對方站起來向克里斯打招呼。

「我是舒緩者團隊的格溫·達頓，負責管理藥物上癮的異能者。」

格溫·達頓非常和藹可親，加上他的眼角微微下垂，所以給人一種很溫和的感覺。克里斯看到他的灰色頭髮和黃色眼睛，不禁一愣。

克里斯隱約還記得他從四區逃跑時所遇到的電力系異能者也是一樣的黃色眼睛。

克里斯和這名跟游離一樣戴著手套的男子握手以後，心裡有一種迷迷糊糊的感覺。

潔西卡那裡突然傳來嗶的一聲，她邊操作平板邊說道。

「我還想帶你再參觀一下，但是有人在呼叫我，我最近總是忙得不可開交。格溫，丹尼爾就拜託你了。現在是二級保全，你介紹的時候注意一下。」

潔西卡迅速地說完自己要說的話，就一溜煙地離開了。克里斯則是努力隱藏自己的驚訝，雖然潔西卡也是異能者，但克里斯沒想到她會把初次見面的自己獨自留在這裡。

克里斯覺得現在的情況有點尷尬，因為一直以來克里斯面對舒緩者的時候旁邊都有一名監視的人，即使在十一月大洲和盧卡進行舒緩課程的時候也都有監視器環繞在四周。

「你先坐下。」

格溫讓出一個位置，克里斯坐在一張小小的椅子上。

「你要喝咖啡或是茶嗎？」

「我喝水就好了。」

克里斯對於游離和白夜的成員還是有一些戒心，擔心他們把藥物混在味道及香氣比較濃郁的飲料中，那樣會比較難察覺到。

格溫遞給克里斯一瓶礦泉水，蓋子是密封的，克里斯沒有馬上打開蓋子，只是點頭表示謝意。

「聽說你想要見見我們舒緩者團隊。」

「對，我在極光中沒有見過由舒緩者組成的團隊，所以我很好奇你們都在做什麼。

就像異能者所組成的老鴰隊，這裡竟然有舒緩者團隊。再加上這條走廊是關滿藥物上癮者的地方，克里斯不敢相信這裡竟然有舒緩者隨時待命。

曾經在極光中背過上百條舒緩者注意事項的克里斯覺得這個環境真的非常危險。

「就如你所知，這裡聚集了深受舒緩藥所苦的受害者。越往裡面的病房走，患者就越多，醫療人員會調整藥物劑量並觀察病患的狀態，如果需要舒緩課程的時候，我們就會過去。」

「這裡好像有很多病患，你們舒緩者團隊負荷得了嗎？」

「雖然我沒有辦法告訴你團隊的舒緩者人數和等級，但是目前來看我們是足夠應付的。如果沒有緊急狀況，我們下班後不會收到呼叫，每個舒緩者都可以自由選擇想要工作的時間。我們會安排一名舒緩者隨時在這裡待命。」

聽著格溫・達頓的說明，克里斯差點誤會這裡是某間療養院。

「對舒緩藥上癮的病患情緒起伏都很大，有時候還會有暴力傾向，這樣你們工作的環境是不是有點危險？」

「緊急情況下會有警衛跟著我們，關於這方面醫護人員查房的時候其實也是一樣危險。重要的是……那些人都不想放棄自己的生命。」

「但是異能者應該不會只使用肉體上的力量。」

如果是一般人類，就只能揮舞拳頭，但是他們對面的是異能者，異能者有可能會運用超能力去壓制對方。

「這裡的人都被不穩定的能量折磨，舒緩藥所引起的不穩定能量和一般不太一樣，他們服用藥物接受治療後，如果沒有完成百分之百舒緩，是沒有辦法使用超能力的。」

這是洗腦後喪失超能力的現象。

克里斯不敢相信地喃喃自語。

「這個藥物不是為了舒緩，而是為了要控制異能者。」

這時候格溫的手機響了。

「午餐時間到了，我有一個藥是每餐都必須按時吃的……如果你不介意，要不要邊吃邊聊？」

聽到格溫這樣說，克里斯思考的不是自己能不能一起去吃飯，而是有點擔心格溫的安危，克里斯問道。

「你要出去外面吃飯，要不要叫上警衛？」

格溫看到克里斯沒有馬上起身，有點猶豫的樣子，立刻說道。

「我已經過了需要監護人的年紀了。」

克里斯在讀《Northanger Abbey 諾桑覺寺》的時候看過這個詞，監護人在舊時代是指陪伴在未成年貴族千金身邊的年長女伴，是一種保護者的概念。

克里斯聽到格溫講到現在很少人了解的舊時代文化，不禁想到游離。

黃磚路的盡頭，二手木蓮書店。

但就像桃樂絲所造訪的翡翠城是虛構的一樣，克里斯的魔法師也是假的，不對、游離根本不是魔法師，而是黑手黨。

游離使用的是克拉克手槍，而不是魔法棒。

『克拉克手槍？』

克里斯微微皺起眉頭，他似乎想起了什麼。

槍口塞進嘴巴裡的感覺……

「我知道了。」

克里斯甩開書店的記憶，起身跟在格溫身後。

舒緩者團隊的隊長格溫．達頓似乎很熟悉白夜的格局，克里斯跟著格溫來到餐廳，環顧了一下四周環境。

有不少人都在用餐。

「這好像不是專門給舒緩者吃飯的餐廳。」

餐廳的人數非常多。

「餐廳是公共場所，只要你是白夜的一員．不管是異能者、舒緩者還是一般人都可以過來。」

「舒緩者出現在這種地方不會很危險嗎?」

克里斯有點擔心地問道。

十一月大洲的治安比六月大洲差是一件不爭的事情,他們真的可以這麼自由自在地行動嗎?格溫甚至可以這麼大方地和敵對組織極光一員的克里斯交談。

潔西卡是異能者,可能沒有考慮到舒緩者的安危,但是就連格溫看起來也非常沒有危機感。

雖然這裡是白夜,但是舒緩者真的可以在沒有人保護之下遊走在異能者面前嗎?

克里斯不知道白夜有沒有像極光一樣,擬定一套防禦措施用來預防異能者突然暴走攻擊舒緩者的?就算有,克里斯還是覺得格溫現在的處境非常危險。

「當然會危險,但這裡是白夜,所以可以自由行動。」

格溫的個性和他溫順沉默的長相相反,他的個性似乎非常豪邁。

這時候有一個金髮女人朝他們走過來,那頭金髮讓克里斯想到娜絲琴卡,但克里斯並不認識這個人,所以她應該是來找格溫的。

「格溫,你來吃午餐嗎?那現在誰在樓上?」

「譚雅好像也來吃飯了,現在是艾班和羅素在樓上。」

「我馬上就要回去了，今天中午的羅宋湯真的超好喝的，你一定要喝喝看。」金髮女子揮揮手，像一陣風一樣來無影去無蹤，從對話內容看來，她似乎也是一名舒緩者。

克里斯還以為只有隊長格溫這麼大膽，沒想到舒緩者團隊裡的其他舒緩者也敢隨意在白夜裡走來走去。

克里斯看向餐廳內部，在極光中舒緩者的服裝和活動空間都是固定的，所以不需要接觸也可以知道對方是舒緩者，但是在這裡似乎沒辦法這樣區分。

剛剛那名金髮女子在跟格溫說話之前，克里斯完全看不出來她是異能者、舒緩者、還是一般人。

但是這樣好像也不錯。

讓克里斯印象最深刻的就是白夜的舒緩者和極光的舒緩者過著截然不同的生活。

他們拿好食物找到位置坐下，克里斯開口說出自己的感受。

「白夜的舒緩者比想像中多。」

「白夜的舒緩者的人數應該僅次於極光。」

格溫照著譚雅的建議拿了羅宋湯，格溫攪一攪之後喝了一大口，接著鼻頭一皺，似乎是覺得有點辣。

克里斯把水杯推到格溫的面前。

格溫說了句謝謝，拿起杯子喝水，然後格溫放下湯匙拿起麵包繼續說明。

「除了清除毒販和治療吸毒犯，白夜還有許多業務，其中一項就是找出綁架及買賣舒緩者的組織並且摧毀他們。」

「喔……」

克里斯眨了眨眼。

還真出乎意料之外，不對、應該不意外。

游離．索伯烈夫自己就是舒緩者，就算他不一定是個正義的人，但他應該也不希望和自己同為舒緩者的人被當作商品交易。

「如果你說的是有眼線在十一月大洲或是其他冬季大洲的那個組織，那他們應該有很多非法異能者，這樣不是很危險？」

「我們當然不是一開始就正面迎戰。就拿我來說，我當時是在拍賣會上被白夜買下來的，那時候白夜還沒有現在的地位。」

格溫摸著杯子，神情變得有點黯淡。

「當時那筆金額龐大到我想都不敢想，當我謝謝老闆的時候，老闆他回我……」

「……？」

「你可以用身體還債。」

這真像游離會說的話。

雖然那句話有點犀利，但克里斯認為格溫應該已經把那句話包裝得比較好聽了。

「我當時不知道我該如何還那筆錢，但老闆只要求我在白夜裡幫他做事。」

克里斯邊切培根邊聽格溫說話。

「上班時間是早上九點到下午五點，一個禮拜上五天班，中午休息兩個小時。我們沒有休假，國定假日和過年過節也不能放假，但是隨時可以請病假，也包吃住。我到現在都還會背當時的條件。」

格溫好像在回憶什麼開心的事情，雙眼閃閃發亮。

「後來我見到了來救我的哥哥，我哥哥把你當成綁匪跟你打鬥，卻被你折斷四肢。我認出哥哥後求你放過他，等到我清醒之後，就發現哥哥跟我一起在白夜工作。」

聽到這裡，克里斯大吃一驚。

「克里斯．丹尼爾、不，你是說我折斷你哥哥的手腳嗎？」

「我知道你失去記憶。」

格溫放下手中的麵包說道。

「……你竟然這麼寬容地對待一個欺負你哥哥的人。」

「雖然我們沒有很熟，但是我們也相處了很長一段時間。」

雖然格溫對於認識的人態度很和善，但是感覺得出來他本身是一個很沉默的人。

「你可能不記得了，我被拍賣過，所以大家都認得我的臉，因此其他組織常常覬覦我。我也差點被綁架過，老闆藉此發起鬥爭，讓哥哥和你率領異能者去跟他們打鬥。雖然打贏的話可以擴張領土壯大組織聲勢，卻也非常危險，那時候的你幫了我很多忙。」

克里斯感受到格溫的謝意，覺得有點尷尬。

「你救過命在旦夕的哥哥，也冒過生命危險救出落入背叛者陷阱中的老闆。我還記得你獨自去暗殺對方組織的四名上級，讓我們反敗為勝。」

克里斯津津有味地聽著自己完全不記得的過去，可能因為保全級別的關係，格溫沒有講得很詳細，但是還是聽得出來克里斯．丹尼爾對於白夜有極大的貢獻。

這麼看來關於六月大洲上所流傳克里斯的惡行，根本只是一小部分，極光再怎麼厲害，也不可能全盤了解這些地下惡勢力的鬥爭。

「白夜因為你和老闆而漸漸壯大，多虧有你們，我們現在不用再去買進舒緩者，而是可以直接把他們救出來。他們也可以自由選擇，想幫助別人進行舒緩課程或做其他事情都可以，以前的我們根本沒得選……」

格溫苦笑地說。

「你會後悔你被迫進行舒緩課程嗎？」

「不會，我能和哥哥在一起做事就很滿意了。我現在用薪水分期償還贖金，還可以存一點錢。」

十一月大洲的銀行要收保管費，所以格溫沒有把錢放在銀行，但是他向克里斯炫耀自己在保險箱裡存了一筆相當可觀的數目。

克里斯注意到格溫對自己非常有好感。

「你其實不用對一個失去記憶的人表達謝意。」

「以前我沒有跟你說過謝謝，所以現在想要好好謝謝你。雖然以前是沒有機會表達感謝……但是我發現如果一直不說出來，有一天就會發現自己沒有機會說了。」

格溫應該是想到丹尼爾失蹤的事情。

「丹尼爾，謝謝你回到這裡。」

克里斯面對著眼神閃閃發亮的格溫，他沒辦法開口否認自己不是丹尼爾。游離和認識丹尼爾很久的格溫都認定自己就是丹尼爾。

克里斯很擔心自己回到極光後的生活，再這樣下去要是有人在克里斯身後講到克里斯·丹尼爾，克里斯可能會忍不住回應對方。

克里斯為了逃避這種尷尬的感覺，他換了一個話題。

「你們現在救出的舒緩者竟然多到可以選擇做其他的事情，極光中有這麼多舒緩者，都很難讓大家達到百分百舒緩。」

極光的規模非常大，幾乎可以說合法的異能者全都屬於異能者聯盟，而合法的舒緩者也同樣地都屬於極光。

如果撇開等級只看人數的話，現在一名舒緩者必須要負責四名異能者。而且等級較高的異能者所需要的舒緩能量也遠遠多於等級較低的異能者。

但是極光中卻沒有人可以達到百分百舒緩，大多數的異能者都表示想要擴大舒緩課程時的接觸面積。極光方面則是一直以舒緩者的精神壓力和疲勞感來拒絕異能者的要求。

「嗯，我一天大概可以讓五名異能者達到百分之百舒緩。」

「百分之百舒緩？你是S級舒緩者嗎？」

克里斯驚嚇地看著格溫。

「不是，我是A級舒緩者。」

「我聽說就算等級再高，就算沒有百分百舒緩，只要進行兩三次舒緩課程，舒緩者也會覺得頭很痛……你是怎麼讓五個人都達到百分百舒緩的？」

極光非常嚴格管理舒緩者的行程，因為他們在恢復元氣前是沒辦法好好進行舒緩課程的。

格溫一臉驚訝，緩緩地解釋道。

「就算配合率不高，但只要持續進行舒緩課程和維持情感交流，效率就會慢慢提高。」

克里斯瞪大眼睛。

持續地進行舒緩課程和維持情感交流可以提高舒緩課程的效率？

「我們稱這個為烙印。」

烙印。

克里斯從來沒有在極光中聽過這些話，這是克里斯被關到這裡以後才聽游離說過。

「烙印通常會發生在雙方都願意的情況下，這時候再次檢視配合率就會發現數值升高許多。」

「我在極光中曾經看過所有關於舒緩課程的論文和研究報告。」

因為克里斯想要找出自己排斥舒緩課程的原因，雖然克里斯沒有得到太多有用的資訊，但是畢竟他花費許多時間在調查這件事，所以他清楚記得那些內容。

「但是我從來沒有在研究結果裡看過關於烙印的現象，為什麼烙印這件事情沒有廣為人知呢？」

格溫對面克里斯的問題，轉了轉黃色眼珠說道。

「因為……烙印會讓異能者會被某個舒緩者給束縛住，如果異能者逼不得已要向其他舒緩者接受舒緩課程時，效率就會變得非常低。比較敏感的異能者甚至還會產生排斥感，這對身體非常不好，烙印越是強烈異能者對於其他舒緩者的配合率越低。」

克里斯回想起他之前所接受的舒緩課程，不管是對面盧卡還是其他舒緩者，克里斯從來都沒有從舒緩課程中享受過舒服的感覺。對克里斯來說舒緩課程就是為了讓自己不要渴死而喝髒水一樣痛苦。

如果說克里斯心裡已經烙印了其他舒緩者，那就可以解釋為什麼克里斯接受舒緩課程時會這麼痛苦了。

「我真的……是丹尼爾嗎？」

克里斯不用想都知道克里斯．丹尼爾的舒緩者是誰。

就是游離．索伯烈夫。

因為克里斯不想要被游離影響，所以游離說自己是丹尼爾的時候，他都充耳不聞，但是現在克里斯的身心靈似乎都證實了這一點。克里斯現在就像虎克船長一樣，虎克船長只要聽到鱷魚肚子裡時鐘的聲音，就會覺得很焦慮，克里斯現在也感受到那種焦躁感。

這件事情一直在逼迫克里斯。

『那麼我的小仙子就是……阿納斯塔西亞嗎？』

克里斯無法擠出一絲笑容。

他握緊拳頭，難道是擁有轉世能力的阿納斯塔西亞利用克里斯的身體重生了嗎？然後還給了克里斯變成野狼的超能力？

但是這樣說不通，雖然克里斯的記憶只有三歲小孩的程度，卻有著成人的智慧、思考能力和肉體。

克里斯認為自己必須要找到阿納斯塔西亞，這不僅僅是為了自由，也是為了更了解自己。

就在克里斯震驚不已的時候，格溫默默地繼續說道。

「雖然異能者會被烙印所束縛，但是舒緩者卻不會受到影響。」

烙印的副作用只會顯示在異能者身上。

比白夜擁有更多舒緩者的極光會不知道烙印嗎？

『怎麼可能。』

配合率其實沒有這麼重要，只要長期進行舒緩課程和維持情感上的交流就會產生烙印的現象。而擁有最多異能者和舒緩者的極光一定也知道烙印這個現象。把舒緩者和異能者安排到同一個房間的話，一定會起一些化學效應。

六月大洲的總部也是擁有最多精神系異能者的地方，能夠研究「烙印」的人力也非常多。

『上級是故意阻止異能者和舒緩者之間產生烙印的現象。』

根據極光的規定，異能者所接觸的舒緩者會定期交換。

克里斯聽說那是為了避免異能者過度執著於某位舒緩者的關係。但是格溫卻說異能者和舒緩者產生烙印的現象，可以提高舒緩課程的效率。這樣不僅可以減少舒緩者的疲勞，異能者也不會因為舒緩課程不完美而感到不舒適。

克里斯現在才知道極光所做的一切都是為了不要產生烙印的現象。

『為什麼？』

陷入沉思的克里斯用手指頭敲著桌面，這麼大規模的組織應該要追求高效營運才對。

克里斯越想越覺得可疑。

克里斯所了解的極光對舒緩者非常慷慨，至少大家都是這麼認為的。如果有方法可以讓舒緩者的身體減少負擔，又可以提升舒緩課程效率的話，那極光一定會採用的。

在極光中的舒緩者受到嚴謹的保護，他們不會接觸到隨時可能暴走的異能者，總是過著安穩的生活。雖然舒緩者不能離開內部建築物，但是他們生活的環境設備非常完善，簡直可以稱為世外桃源。

『但是。』

那些都不是克里斯親自證實過的。

極光每一季都會舉辦救援舒緩者活動，極光會派遣異能者團隊在環境落後的大洲找到舒緩者，並把他們帶到安全的地方。

如果舒緩者遇到自己不喜歡的異能者是可以拒絕舒緩課程的，極光方面只准許用普通的握手來進行舒緩課程，如果異能者騷擾舒緩者，將會受到嚴厲的懲罰。

有些異能者對於上級只保護舒緩者的做法相當不滿。

『還是說他們是為了不要讓異能者和舒緩者太過於親近……是我想得太複雜了？』

即使克里斯想要找出答案，但克里斯的訊息太模糊，導致克里斯覺得腦筋一片混亂。

就在這時候有一個人靠近克里斯和格溫，打斷了克里斯的思緒。

「哇，竟然真的是丹尼爾。」

一名黃眼睛炯炯有神，笑得很輕浮的男子走了過來。他的長相和格溫一模一樣，但是他的氣質和沉穩的格溫完全不一樣，一眼就可以分出來他們是不同的人。

「你上次跑得還真快。」

那名男子的聲音不像是單純問候克里斯，而是蘊含著一股好勝心。格溫．達頓握住那名男子的手說道。

「哥，現在不行。」

對譚雅講話非常有禮貌的格溫，面對自己的哥哥時用語比較輕鬆自在。

「我知道，但是丹尼爾的表情這麼愚蠢，也太好笑了。」

男子的黃眼睛閃著精光看向克里斯。

那雙眼睛跟追捕克里斯的眼睛長得一樣。

雖然那名男子表現得很隨意，但是也看得出來他不是好惹的對手。

『我竟然打斷了他的四肢？』

如果徒手對決還有可能，但是對方可是電力系的高手。

面對一個可以從遠處發出雷電的異能者，克里斯不知道自己除了逃跑還能做什麼？

如果是使用念力的克里斯・丹尼爾可能還可以反擊，但是克里斯現在無法反擊。也許抓住格溫當成人質還有機會，但是蔡斯現在故意把自己擋在格溫和克里斯中間。

當克里斯發現對手對自己有戒心的時候，克里斯覺得自己的血液都在沸騰，這似乎比被當作獵物還要有趣。

克里斯的好戰的個性被激發，正要抬起頭的時候，格溫出聲打斷他們。

「哥，丹尼爾失去記憶了，你先自我介紹。」

「我叫蔡斯，蔡斯・達頓，我是格溫的雙胞胎哥哥。」

蔡斯聳聳肩說道。

蔡斯的自我介紹很簡短，他一說完便忽略克里斯轉頭看向自己的弟弟。親暱地拉著弟弟的手問說頭還痛不痛、有沒有發燒、如果生病就請病假休息。接著還叮嚀了一句不要忘記吃藥，就像爺爺在擔心孫子一樣。

格溫就像個聖人一樣接收哥哥所有的擔憂，然後開口說道。

「哥，你怎麼會跑來這裡？你這時間不都在工作嗎？」

蔡斯不是來看格溫的？

克里斯微微皺了一下眉頭。

「啊，對了。」

對著弟弟碎碎念的蔡斯突然轉過頭，臉上溫柔的表情瞬間消失不見，讓人覺得有點驚悚。

「丹尼爾，游離要我帶你過去找他。」

克里斯反射性地想說自己不是丹尼爾，但是克里斯覺得跟蔡斯爭論只是浪費唇舌，所以克里斯就乖乖地起身。某個層面上也是克里斯對於自己的身分逐漸動搖中。

格溫開口跟克里斯道別。

「下次見。」

克里斯尷尬地點點頭。

「下次見。」

☆☆☆

游離大步地向前走，他是來見坎貝爾的，卻沒有什麼有用的收穫。

坎貝爾說有一些可靠的訊息，但那些都是游離已經知道的內容，游離知道金城市市長一直兩邊討好自己和極光。否則羅森豪爾的走狗是不可能偷偷進來十一月大洲的。

游離覺得自己根本在浪費時間，於是他回到了克里斯所在的吸毒犯區域。

克里斯看到染上毒癮的異能者似乎受到了很大的衝擊。克里斯的心腸和他的個性不一樣，他從以前就是個心軟的人。雖然克里斯有時候也很果決，但是在游離眼裡克里斯的內心還是非常柔軟。

游離覺得克里斯這樣就受到打擊有點誇張，畢竟游離大概只告訴克里斯三分之一的情況而已。

游離邁開大步走向克里斯從投影圖裡看到的紅色區域。

這是中重度患者所在的地方。

如果病患因為身體疼痛而摔下床導致骨折或受傷會帶來更多麻煩，所以這一區是沒有床鋪的。

一開始地板上會鋪一張柔軟的床墊，但是消毒床墊的速度遠遠趕不上弄髒的速度，所以現在就只鋪一張床單，讓病患直接躺在上面。

在這一區爬行、呻吟、苟延殘喘的都是異能者。

那些不知道舒緩藥會害慘自己、輾轉從就業中心來到這裡的異能者只有一半可以活下去，另一半卻會死亡。

生存下來的那一半裡，也只有不到一半的人可以完全康復，但是游離還是不斷地把異能者送到這裡來。

對於游離來說異能者是生是死都跟他無關，不、應該是說游離非常憎恨異能者，甚至希望異能者可以全都消失。那是一種紮根在游離靈魂深處的感覺，如果硬要把它拔出來，游離這個人可能會就此消失。

游離在房間裡釋放舒緩能量，在一陣痛苦過後，大部分的人都昏厥過去，只有少數幾個人茫然地看著舒緩能量流過的地方。

如果那些異能者還有一點力氣，他們應該會撲上來抓住游離。他們會抱著游離的腿和腳踝，甚至會張開嘴想要咬下一塊肉。

在游離釋出的舒緩能量讓他們動彈不得之前，那就是游離所見到的景象。

那時候釋放舒緩能量給異能者的游離帶著傷回來，克里斯也偷偷地跟了上去。

克里斯在游離快要被抓到的瞬間，用念力掐住那名喪屍一樣爬過來想要跟游離拚命的異能者。

這對游離來說是意想不到的事件，游離來這邊是要釋放舒緩能量的，如果帶著一名正常的異能者過來，反而會讓異能者變得瘋狂，所以游離都會限制異能者進出這裡。

「你為什麼要一直讓自己受傷?你不能把他們全都殺死嗎?」

克里斯踩住那名昏厥的異能者問游離。

克里斯過著與世隔絕的生活，無法成為人類只能當一隻猛獸的克里斯世界裡就只有游離。克里斯不覺得異能者是自己的同類，對克里斯來說世界上只分為傷害游離和幫助游離兩種人。

游離並沒有改正這隻小猛獸盲目的想法。

從那時候開始游離就會帶著克里斯進到這個房間，而克里斯也每次都能熬過游離的舒緩能量，並將攻擊游離的異能者全都綁起來。

從那時候開始游離身上的傷口就變少了，但是精神卻非常疲憊。因為游離從很小的時候就非常討厭異能者……也很害怕他們。

克里斯說得沒錯，游離根本是在自殘。但是游離還是持續不斷地將上癮的異能者帶到這個房間，並且持續進行非接觸性的舒緩課程。反正一般的舒緩者也幫不了他們，如果其他舒緩者沒有像游離這樣帶著克里斯・丹尼爾進去，一定會被失控的異能者啃到連骨頭都不剩。

一開始讓游離覺得很痛苦的事情，現在也漸漸習慣了。游離變得麻木，把這件事當成主人帶著狗出來散步的日常生活。

游離從克里斯那裡學到烙印是多麼重要的事情，他總是在重度上癮者聚集的房間釋放舒緩能量。

這裡面有多少人活得下去？又有多少人會成為自己的走狗，配合白夜的宗旨？

如果游離想從這個房間再挑選一個人，那個人應該會趴在地上承認自己是游離的第二條忠犬，但是游離似乎不想跟其他的狗一起散步。

游離突然想起克里斯消失後，自己第一次經過這條昏暗走廊的那一天。

原本游離只是覺得身後少了一個人所以有點空虛，但是游離在病房內釋放完舒緩能量走出來，卻沒有發生什麼事的時候，游離突然意識到一件事情。

原來丹尼爾不在好像也沒關係。

就算沒有那條每次都屏住呼吸怕惹怒游離而輕聲跟在身後的忠犬，游離還是可以讓這些異能者屈服於自己的腳下。

儘管游離擁有其他舒緩者所沒有的能力，但是心情卻很低落。

克里斯形成的空缺越小，就越容易補上。但游離卻覺得一切都很可笑。

「祝你做惡夢。」

游離對著那些站不起來全身顫抖的異能者道別後，走出了房間。

現在游離快要找回克里斯了，只要能讓克里斯恢復記憶，那他們也許就可以再一起去散步了。

游離穿過布滿著昏暗病房的走廊，腳步好久沒有這麼輕盈了。

09 Chapter nine

白夜

「我弟弟是不是很善良？雖然我們才差幾分鐘，但他都還是叫我哥哥。幫我的接生的是一個老太婆，會不會是她有健忘症，記錯接生的順序……」

克里斯跟蔡斯走在路上時，蔡斯喋喋不休地一直說話。尤其是一提到格溫，蔡斯似乎可以不眠不休地一直講下去。

因為蔡斯的話沒停過，克里斯開始覺得有點厭煩。雖然還沒有恢復記憶，但克里斯非常確定自己以前一定也不喜歡這個人。

克里斯終於了解什麼是烙印，但他都忘了他原本的目的是要去找就業中心的職員。再加上蔡斯在旁邊囉嗦，克里斯開始覺得自己可能真的是精神系異能者。

「這裡。」

蔡斯似乎是看穿克里斯的心思，咧嘴笑了一下，在一扇門前停下來敲門。

「進來。」

房間裡傳來游離的聲音，蔡斯退到旁邊，很有禮貌地對克里斯做了一個手勢。

克里斯覺得有點奇怪，用下巴示意蔡斯。

「你來開門。」

「……你竟然沒有上當。」

蔡斯喃喃自語說到「要是你上當摸一下就好了」，然後幫克里斯開門。克里斯看到蔡斯那個樣子，非常確定如果自己摸了門把，一定會被狠狠電到。

「不管是以前還是現在你都不會被我騙。」

蔡斯的雙眼閃過一陣狡黠的目光，然後露出一抹笑容。

「我會繼續挑戰你的，你要小心一點。」

克里斯不理會蔡斯走進房間，便看到游離坐在椅子上整理文件。克里斯從白夜清醒之後第一次看到游離戴眼鏡的樣子，突然呆滯在原地。

克里斯很難把眼前的人跟那名長相精緻又有點神經質的人聯想在一起。但想到那一切都是自己的妄想，不禁有點惆悵。

身後的關門聲把克里斯拉回現實。

「您找我嗎？」

「沒錯。」

克里斯一說完，游離就放下手中的文件說道。

「你現在知道我不是你想像中的壞人，感覺如何？」

「……我也不知道。」

「也是，光聽一方的說詞也很難判斷吧！」

游離細長的雙眼隔著一副眼鏡，看起來有點冷冰冰。

游離停了一下，繼續問道。

「你還是想要回去極光嗎？」

克里斯沒有回答。

「如果你還是想回去，我就沒辦法留住你的小命。」

游離的聲音聽起來非常絕情，如果克里斯真的要回去極光，那游離一定不會放過克里斯的。

克里斯整理一下自己的想法，開口對游離說道。

「我原本所知道的世界和我在這裡所得知的事情有很大的差異。」

極光在隱瞞某些事情，他們在異能者和舒緩者之間建造了一道屏障。

克里斯很想知道極光為什麼要隱瞞烙印，又為什麼要假借烙印的理由來擔心舒緩者安危。

「我想要親自確認那些事情。」

「意思是你暫時不會回去。」

游離低聲自語，游離不在乎克里斯的想法，他只在乎結果。

「我知道你希望我放你自由，但我是不會心軟的。我會讓你外出調查，但你要讓精神系異能者對你下禁令。」

「這裡也有精神系異能者嗎？」

游離的話讓克里斯有點意外，極光認為除了舒緩者以外最重要的就是精神系異能者。除了安全相關的問題，精神系異能者還要負責網際網路。

在異能者聯盟中精神系異能者各自擁有不同的波長，他們可以互相產生共振，那種共振讓他們成功恢復了舊時代人類使用過的線路。他們第一次嘗試在六月大洲聯絡五月大洲時，還在最大的廣場播放測試成功的影片。

這是恢復失落文明的第一步。

經由這件事後很多事情都開始轉變。在那之前人們對異能者都有很大的敵意，但是人們不想要失去通訊網路，所以開始轉變對極光的態度。一直努力改變異能者形象的極光也藉由這次機會擴大了自己在社會上的影響力。

「……我們當然有精神系異能者。」

游離冷淡地回答道，並拿起話筒。

「福爾圖娜，妳上來一下。」

過沒多久，福爾圖娜便出現了，她是一名頭髮花白的女子，手上的皺紋也非常明顯。她的個子不高，看起來是克里斯認識的異能者裡最弱小的一個。

「我是詹妮特·福爾圖娜，你可以直接叫我福爾圖娜。」

雖然她的聲音有點低沉，但聽起來非常年輕。應該因為手上皺紋的關係，福爾圖娜看起來像是四十多歲的中年婦女，但是她的聲音聽起來只有二十多歲的感覺。

克里斯沒有什麼情緒起伏，他只是看著靠近自己的福爾圖娜。

「開始吧！」

游離一聲令下，福爾圖娜伸出手摸向克里斯的額頭。

「失禮了。」

當福爾圖娜控制自己的瞬間，克里斯立刻抓住椅子的把手，忍住了想要推開福爾圖娜的衝動。

克里斯覺得有東西在腦海裡奔騰，好像有人拉著自己的腳踝一樣，克里斯閉上了眼睛。

黑暗中，克里斯的腦海浮現他從極光清醒後發生的事情。

克里斯在極光中清醒。倒在路邊的克里斯被異能者發現，正要送去醫院的時候，那名異能者感覺到克里斯的能量波，因此把克里斯送到外部建築物的醫務室。

克里斯一醒來就發現自己失去記憶，除了使用超能力和這個世界被劃分為十二的大洲等基本常識之外，他什麼都不記得。

但是克里斯非常慶幸自己沒有忘記怎麼說話，極光的異能者幫助克里斯恢復健康，並告訴克里斯這個組織的規矩。

克里斯知道自己沒有舒緩課程也活不下去，所以就此留在極光。

失憶這件事並沒有困擾克里斯太久，雖然克里斯不記得其他事情，但他隱約記得大家都叫他克里斯，所以他就向極光表明自己叫做克里斯，並接受了極光這個姓氏。

鍛鍊身體的時光、受訓的時光還有身為異能者必須參加的研討會的時光飛快地從腦海中閃過。克里斯還看到自己第一次接受舒緩課程時，因為反胃而衝向樓梯間的身影。

雖然克里斯的腸胃還算健壯，但是他一想起當時的感覺，還是覺得有點反胃。

隨著時間流逝，克里斯揭發毒販組織，成為老鴰隊一員來到了十一月大洲。

抵達十一月大洲住處的克里斯聽從鄰居的建議，去唐約翰的雜貨店買了伏特加，然後走到路上看看四周的環境。

克里斯眼前的景象再度去到木蓮二手書店，第一次見到木蓮二手書店老闆的過程非常鮮明地重現在自己眼前。克里斯心臟怦怦狂跳，他想知道福爾圖娜有沒有窺探自己的情緒。

回到住處的克里斯把書堆在床底下就睡著了。

克里斯還在想「夢境也會重演嗎？」的時候，游離就出現在夢境中。

在極光發生的事情都飛快地過去，怎麼重現這個夢境時會如此鮮明呢？

驚慌的克里斯看到游離在夢中要自己去找阿納斯塔西亞的過程，不禁越來越焦躁。

克里斯還記得夢境的發展，如果被福爾圖娜知道他醒來後發生的事情……

『不可以！』

在夢中游離的手剛碰到克里斯的臉頰，那個畫面就像破碎的鏡子般裂開。克里斯正感到疑惑的時候，他眼前的畫面就像是被按暫停似的靜止，靜止的畫面突然碎裂後向四方散去。

然而後面卻有另一個新的畫面在等著克里斯。

『怎麼回事？』

克里斯往前走，看到一個女人神經兮兮地咬著指甲，女人一頭黑髮看起來非常年輕，她是詹妮特·福爾圖娜。

「詹妮特，換妳了。」

女人聽到一個男人這樣說，身體開始瑟瑟發抖。

「這、這麼快？我的舒緩課程還不夠……我待了六個月才出來，身、身體還有點不舒服。教官，拜、拜託你。」

「我看過妳的數據都恢復正常了，妳不要無病呻吟。」

男人身上穿的衣服是極光研究員的長袍，是精神系異能者中高層專屬的衣服。克里斯看了一眼寫著名字的名牌。

他是精神系異能者第一隊的隊長愛德溫。

「再這樣下去，各大洲的網路會因為妳的關係而中斷。」

男子戳了一下福爾圖娜的後背，這時克里斯感覺到一股輕蔑感充斥其中。

最後福爾圖娜還是發抖地邁開步伐，走向鐵製樓梯下存放的幾十個密封艙。

克里斯以前見過那些東西，它是為了幫助長期冬眠的病患所準備的醫療器材。進去密封艙後，裡面會灌進一種特殊的液體，可以讓病患的身體機能停止運作，進入睡眠狀態。

但是……這些密封艙都是連在一起的，就像蜂窩一樣。

福爾圖娜經過的每一個藍色透明密封艙都已經有人在裡面，她看著一張張像幽靈一樣蒼白的面孔，身體不斷顫抖，裡面的溫度應該非常低。

『這是什麼？』

克里斯有點疑惑。

這好像是福爾圖娜的記憶，但是自己又不是精神系異能者，為什麼可以窺探她的過去呢？

瑟瑟發抖的福爾圖娜進入到敞開的密封艙，在液體蓋過福爾圖娜的身體阻斷她的感官前，她聽到一道輕蔑的聲音。

「哼，還真煩人。」

接著就是一片黑暗，非常暗。

「呃！」

克里斯感覺到眼前恢復正常，他身處於現在，而非在過去。而伸手摸著克里斯額頭的福爾圖娜卻踉蹌了一步。

「咳咳！」

福爾圖娜開始咳嗽，還帶著淡淡的血腥味。游離將手帕遞給福爾圖娜，福爾圖娜用手帕摀住臉，過了一下才抬起頭。

「他突然反制我，而我也被干擾到了。我們的等級本來就有差，再加上我現在身體狀況不是很好……」

福爾圖娜的身體應該很不舒服，她咳到差點吐血。雖然福爾圖娜的臉色非常蒼白，但是聲音卻很冷靜。

「辛苦妳了。」

游離把頭轉向克里斯並問道。

「你看到什麼記憶？」

「他看到我在蜂巢網的記憶。」

福爾圖娜幫克里斯回答了這個問題。

「告訴我你看到的內容。」

游離變得有點敏感。

「我從來沒看過那個地方，但我猜那是極光的某個角落。這位福爾圖娜在精神系異能者第一隊的隊長逼迫下進入了密封艙，然後……那位隊長威脅福爾圖娜不照做的話各大洲間的通訊網路就會斷掉。」

人們有時候會覺得自己不管說什麼都是錯的，克里斯現在正是這樣。

克里斯突然沉默了。

「……我說得對嗎？」

大家都知道通訊網路是靠精神系異能者在維持的，但克里斯卻不知道精神系異能者的待遇這麼差。精神系異能者都是不可多得的人才，而其中最優秀的異能者才能進入異能者聯盟所贊助的研究室。

克里斯看過那間研究室發表關於異能者和舒緩者的論文，研究室還會發明恢復舊時代文明所需要的東西，對於這個世界和極光的發展有著不小的貢獻。

精神系異能者是極光菁英中的菁英，外人都覺得精神系異能者過著非常成功的生活。克里斯和強化系異能者工作二十年賺的錢都沒有精神系異能者一年的年薪多。

但是那麼高高在上的異能者竟然被極光壓榨？

「我可以解釋給他聽嗎？」

福爾圖娜詢問游離。

「反正那些事情他以前也都知道……」

「妳不用問我。」

游離淡淡地說道，並退後一步。

「妳想說就說。」

福爾圖娜對游離說了聲謝謝，便轉頭看向克里斯。

「你覺得我看起來像幾歲？」

克里斯沒有回答，福爾圖娜會問這個問題，表示她的年齡和外貌不符合。

「我看起來應該像個中年婦女吧？但其實我只有三十四歲。」

好年輕，至少這個年齡的女人應該不會有一頭白髮和滿手的皺紋。

就算福爾圖娜沒有解釋，克里斯好像也知道她為什麼會迅速老化。

「精神系異能者除了S、A、B、C等級以外……還有其他劃分等級的方式，那就是後台。像我這種沒有靠山的異能者一開始會先進入中控室，等我知道太多機密以後，就會被派到冬眠室。」

冬眠室。

這個詞蘊含著一股寒意，讓克里斯的表情漸漸僵硬。

「不過對外會宣稱我們升職了。」

克里斯在福爾圖娜記憶中所看到的異能者第一隊隊長應該就是管理他們的人，讓外面所有人都以為精神系異能者受到很好的待遇。

「精神系異能者在冬眠室是二十四小時都會被壓榨。一開始精神系異能者會輪班，但是他們後來改造長期冬眠的密封艙。在密封艙裡你的身體會沉睡，但是頭腦卻是清醒的。每個密封艙之間都可以互相聯繫，我們會以一到六個月為周期離開密封艙一次，這樣才能確保超能力繼續運行。」

就算不把冬季大洲算入其中，要全年二十四小時維持八個大洲的通訊網路也是一件浩大的工程。

克里斯竟然天真地以為可以用一般正常的方式運作。

「在蜂巢網問世以前，有一些精神系異能者打算聯手逃跑並告知外界這些事情，但是他們在身體被冬眠的狀態下是不可能逃跑的。而且極光也不會讓我們一起離開密封艙，而是讓我們輪流出來休息。」

精神系異能者雖然連在一起，但卻又孤立無援。

「那舒緩課程……」

聽到克里斯的話，福爾圖娜微微一笑。

「我們在密封艙裡的時候，他們會幫我們注射一種特殊藥物，它可以代替舒緩課程。但是它會讓我們在離開密封艙時感到一股無力感……也會讓我們失去意志而不想反抗那些『管理者』。」

注射一種能代替舒緩課程的藥物……克里斯自然而然地想到舒緩藥。

「如果要改造目前毒品的配方變成有舒緩課程的效果，那就需要非常厲害的科學家，也需要好幾組不同的團隊。」

克里斯想到潔西卡跟自己說過的話，不由得一驚。

六月大洲上的極光研究室裡就擁有這些資源。

「為了守住蜂巢網的秘密，等到異能者的能量全都耗盡的時候，異能者就會被丟棄。因為他們知道太多機密資訊。有一篇論文說到異能者使用過多能力就會快速老化，從蜂巢網中被壓榨的異能者就可以證實這一點。」

克里斯表情僵硬，他似乎也看過某篇論文題目在探討異能者的能力與老化之間的關係，但是克里斯當時只關心舒緩課程的相關研究，所以他並沒有仔細閱讀那篇論文。

「我煎熬地度過每一天，跟我一起進研究室的同事一個個死去，我的死期也到了。我本來也因為能量耗盡即將被丟掉，但是白夜卻救了我一命。我本來會成為被丟棄在冬季大洲的未爆彈，但老闆卻突然出現在我身邊。」

克里斯實在忍不住了，他不懂為什麼極光做了那麼多壞事，但是卻沒有被別人發現。

「為什麼沒有人懷疑極光？如果有這麼多精神系異能者突然消失，大家應該都會覺得很奇怪。」

就算沒有家人，周遭也會有一些認識的人，像是朋友、同事、經常光顧的商店老闆……甚至是鄰居。

「極光會先給一大筆錢邀請異能者參與研究室的機密計畫，異能者就會這樣告訴周邊的人。等到進入蜂巢網發現事實真相時，也插翅難飛了。極光會沒收異能者的手機，而且異能者也早就跟周遭的親朋好友說暫時不要跟自己聯絡。這樣還有誰會聯絡那些異能者？極光每隔一段時間都會讓異能者用手機傳送訊息給周遭的人。」

克里斯過於投入福爾圖娜的故事中，幾乎忘了呼吸。

「因為不能和朋友常常見面，就會漸漸無話可聊……異能者的人際關係會漸漸消失，朋友也不會再聯絡。而且異能者也會害怕認識的人被牽扯進來因此變得更加退縮。」

福爾圖娜透過內部迴路見過異能者熟識的朋友被殺害。

雖然精神系異能者不能更改那些訊息，但是他們可以藉由通訊網路看到傳送的資訊內容。精神系異能者充其量只是負責傳送資訊的中間人而已。

「你還記得極光的公益廣告標語嗎？」

「讓極光守護您充滿希望的未來……」

克里斯喃喃自語。

「極光利用通訊網路播放的宣傳影片和標語得到一些正面的效果，雖然不是洗腦，但是它就像廣告一樣，可以引起人們的注意和信任。」

極光口中說著為了人民著想，但其實是在操控它們的情感。

克里斯感到頭暈目眩。

「舊時代的政治人物不管做什麼都會被罵，但極光做什麼都受到稱讚，你不覺得很奇怪嗎？」

福爾圖娜講完自己的故事了。

但克里斯一時間卻說不出話來。

背叛感和難以置信的感覺震撼著克里斯，並動搖克里斯的內心意志。

雖然克里斯不覺得極光是絕對的正義，但是他認為偽善至少也是善良的一種。克里斯覺得保護被異能者剝削的舒緩者的確比保護強大的異能者重要。

如果說極光避免異能者和舒緩者產生烙印只是有點奇怪的話，那蜂巢網事件應該算是犯罪。世界遭受一次毀滅之後，人們對於道德的認知已經夠鬆散了，克里斯實在沒辦法接受極光邊自稱要守護人們充滿希望的未來，卻又拚命地壓榨異能者。

「事情變複雜了，妳在狀態不好的時候下禁令，反而被對方知道妳的祕密……」

克里斯聽到游離冷淡的語氣，緩緩地吸了一口氣，恢復平靜的心情。

聽到這裡，克里斯才明白為什麼福爾圖娜明明知道丹尼爾，不、應該是說知道自己是S級，卻還是大膽地對自己下禁令了。

精神系異能者並不是無敵，通常他們對等級不同的異能者使用超能力時，有可能會發生精神回彈的現象，也有可能會過度使用超能力讓自己變得精疲力盡。因此想要利用精神系異能者洗腦其他異能者幾乎是不可能的事情。

克里斯甚至有一個可怕的想法，他認為也許就是因為這樣極光才另外開發洗腦藥物。

「你在調查的時候如果回去極光，或是遇見你的同事，最好不要提到關於這裡的事情。」

游離拍了拍自己的太陽穴說道。

「除非你希望這裡被摧毀。」

對面游離的猜疑，克里斯無法為自己辯解。就算想要辯解，因為克里斯．丹尼爾曾經失去記憶及銷聲匿跡，所以游離會懷疑自己也是人之常情。

尤其游離本來就是一個疑神疑鬼的人，他可以讓克里斯走出房間自由行動，已經是最大的讓步了。

「我會注意的。」

克里斯站了起來。

游離言語非常犀利，但是克里斯並沒有感到受傷。

克里斯今天見到了很多游離的人。

曾經對藥物上癮最後卻成為醫生的潔西卡．歐尼爾、原本是毒販後來卻成為就業中心第一期畢業生的父親、進入熙熙攘攘的拍賣場買下格溫．達頓的游離……

還有如果被極光知道還存活在世界上，一定會趕盡殺絕的福爾圖娜。

這就是游離的白夜。

☆☆☆

「我會注意的。」

克里斯低頭致意後就走出去了。游離看到克里斯沒有詢問要往哪裡走就離開的樣子，不禁想起以前的克里斯。有一瞬間游離甚至以為克里斯恢復記憶了。

游離嘆了一口氣拿起話筒把蔡斯叫進來，交代了一些關於克里斯的事情後，游離抬起了頭。

還待在房間裡的福爾圖娜看到老闆處理完事情，立刻開口說道。

「我還沒有對他下禁令。」

「我知道。」

從福爾圖娜被克里斯精神回彈之後，她下的禁令就消失了。福爾圖娜的身體狀況不好也是這次下禁令失敗的原因之一。

福爾圖娜一開始也不是要對克里斯下什麼嚴重的禁令，她只是想知道極光到底對克里斯做了什麼事。

游離沒有責怪福爾圖娜，只是說了幾句風涼話。

「羅森豪爾都還沒馴服他，他就直接投奔極光，妳還跟他說這麼多幹嘛？」

游離在生克里斯的氣。

游離希望克里斯內心擔憂和猶豫，這樣才能讓他的腦袋沒有心情想別的事情。

「妳根本沒有必要跟他講這麼詳細。」

「我認為講清楚至少比他一知半解然後產生誤會來得好。」

游離瞇起眼睛，他很了解福爾圖娜。游離知道福爾圖娜不會為了解釋誤會而這麼詳細地說出自己的過去，而且還是帶有個人情緒的言論。

果然，福爾圖娜說出自己內心的想法。

「丹尼爾因為失去記憶而成為極光的人，並融入了極光之中。如果我趁這個機會讓他開始懷疑極光，我覺得應該可以影響他之後的動作。」

雖然福爾圖娜沒有成功查看克里斯的記憶並對他下禁令，但是托精神反彈的福讓克里斯看到了一些福爾圖娜的過去。

福爾圖娜為了報復極光，以及拯救還深陷在蜂巢網中的夥伴們，不惜犧牲一切代價。

就算是要她回想那些會讓自己做惡夢的過去也在所不惜。

游離看著面無表情的福爾圖娜問道。

「妳有看到極光牽絆他的狗鍊嗎？」

福爾圖娜回答道。

「除了極光對於異能者注入的基本認知以外，我沒有看到其他東西。」

這表示克里斯失去記憶並不是羅森豪爾造成的。

那麼在十一月大洲消失的克里斯·丹尼爾失去記憶後出現在六月大洲的可能性就只有一個。

「難道是阿納斯塔西亞嗎……」

游離小聲地喃喃自語。

——《自我毀滅的愛03》待續

高寶書版集團
gobooks.com.tw

CRS029
自我毀滅的愛 2
셀프 디스트럭티브 러브 2

作　　者　Nichtigall 夜鶯
譯　　者　翟云禾
封面繪圖　Junseo 峻曙
編　　輯　賴芯葳
美術編輯　彭裕芳
排　　版　彭立瑋
企　　劃　黃子晏

發 行 人　朱凱蕾
出　　版　朧月書版股份有限公司
　　　　　Hazy Moon Publishing Co., Ltd.
地　　址　臺北市內湖區洲子街 88 號 3 樓
網　　址　www.gobooks.com.tw
電　　話　(02) 27992788
電　　郵　readers@gobooks.com.tw（讀者服務部）
傳　　真　出版部　(02) 27990909　行銷部 (02) 27993088
郵政劃撥　19394552
戶　　名　英屬維京群島商高寶國際有限公司臺灣分公司
發　　行　英屬維京群島商高寶國際有限公司臺灣分公司
初版日期　2023年8月

國家圖書館出版品預行編目 (CIP) 資料

自我毀滅的愛 / 夜鶯作 ; 翟云禾譯 . -- 初版 . -- 臺北市
: 朧月書版股份有限公司出版 : 英屬維京群島商高寶國
際有限公司台灣分公司發行 , 2023.08
　面；　公分 . --

譯自 : 셀프 디스트럭티브 러브

ISBN 978-626-7201-91-6 (第 2 冊 : 平裝)

862.57　　112008051

朧月書版

朧月書版